RAFFAELE

IL VERO NOME

Questo Libro è opera di fantasia.

I personaggi e i luoghi citati sono invenzioni dell'autore e hanno lo scopo di conferire veridicità alla narrazione.

Qualsiasi analogia con fatti, luoghi e persone, vive o scomparse, è assolutamente casuale.

Copyright © 2023 Raffaele Tralice

Tutti i diritti riservati.

Codice ISBN: 9798392987382

*"Dedicato a Barbara, la mia musa,
la mia fonte di felicità e mio grande amore"*

I

Il passo calmo, ma determinato, lasciò la sua impronta nella nebbia che, fitta, ingombrava il paesaggio. Segni, questi, che solo il tempo potrà cancellare, ma che resteranno vivi nella loro potenza.
Un uomo dal profilo severo, alto, vestito in abiti eleganti, attendeva impaziente l'arrivo del treno: guardava continuamente l'orologio al suo polso, nell'attesa che scoccasse l'ora dell'arrivo della donna che, qualche anno prima, gli aveva rubato il cuore; colei che lo aveva reso un uomo migliore.
Nella sua vita, aveva profuso tutto il suo impegno nella estenuante ricerca del significato ignoto che si celava dietro le immagini, la sua curiosità si spingeva fino al punto di voler scoprire le passioni e le inquietudini che avevano armato la mano dei grandi autori, con una penna, un pennello od uno scalpello.
Da sempre, credeva che quello che vedeva rappresentato, fosse l'anello mancante della catena che teneva in vita la creatività degli artisti, come se ci fosse un modo per colmare le mancanze terrene: amori impossibili, mete irraggiungibili. Con l'arte era diverso, c'era tutto l'essenziale per incendiare l'anima, i tre elementi necessari all'innesco. Ed ecco che, da

una tavolozza di colori, si creavano opere di immensa bellezza, indeteriorabili ed eterne.

Per lui le cose erano andate diversamente, non aveva avuto bisogno di aggrapparsi all'arte per immergersi nel suo mondo interiore, fatto di sogni e speranze. Si sentiva fortunato ad aver ritrovato nella sua donna, la perfetta metà di se stesso e questo bastava a colorare d'amore la sua vita.

L'avvicinarsi del Natale aveva riempito la città di uno spirito nuovo. Le atmosfere che si creavano nei vicoli erano la rappresentazione fedele di un presepe vivente, che regalavano allo spettatore una prospettiva diversa ad ogni suo sguardo.

I profumi che si respiravano erano la perfetta sublimazione della creatività che, nei secoli, si era tramandata di padre in figlio, nel pieno rispetto delle tradizioni. Rituali che, nell'immaginario collettivo, sforano i limiti del razionale, aggiungendo quel pizzico di magia che solo la superstizione è in grado di domare.

Napoli è tutto questo: una continua scoperta tra il visibile ed il misterioso, tra il sacro e il profano.

Alla stazione centrale di Piazza Garibaldi, Luca aspettava impaziente l'arrivo del treno. Il tabellone delle partenze e degli arrivi appariva come un rebus di lettere e numeri irrisolvibile, in cui l'unica certezza era il ritardo di venti minuti che si ripeteva all'infinito.

Nell'assordante frastuono di voci, che rimbombava con vibrazioni insopportabili nella testa di Luca, l'annuncio del treno che stava aspettando, gli risuonò come un canto di liberazione.

Come una chiamata alle armi, quella voce stridente proveniente dagli altoparlanti, disposti un po' ovunque nella stazione, aveva generato un movimento disordinato, con agglomerati di persone che si accavallavano l'una sulle altre. Luca si incamminò tra quella moltitudine di persone, consapevole che, di lì a poco, avrebbe potuto riabbracciare la sua amata.

Raggiunse la banchina numero 12, indicata sul tabellone, ed il fragore del treno in fermata gli arrivò come un suono dolce che attendeva da tempo. Altre volte avrebbe atteso l'arrivo di Laura, ed altrettante volte avrebbe provato la stessa identica emozione: poterla abbracciare e baciare era un privilegio incomparabile per la sua anima.

Il forte sbuffo del treno anticipò l'apertura delle porte. Laura, dopo un po', scese dalla scaletta del sesto vagone. Aveva con sé un trolley rosso ed indossava un cappotto dal quale si intravedeva un elegante tubino nero che le fasciava il corpo; aveva i capelli castani adagiati sulle spalle che ondeggiavano al soffio della brezza mattutina. Ad ogni passo, la gioia del suo viso si impadroniva, a poco a poco, dei residui di stanchezza dovuti al suo lungo viaggio.

Raggiunse velocemente il confine della banchina dove, ad attenderla, c'era il suo uomo, la sua vita, la sua anima gemella. La luce che si leggeva nei loro occhi rappresentava l'unicità delle loro anime.

Nel vederla, a Luca tornò alla mente il giorno del loro primo incontro. Un amore nato durante un convegno, dove, uno dei temi in discussione, era la bellezza intrinseca nell'arte. Ricordava quegli occhi verdi che lo scrutavano tra il pubblico presente in sala; occhi che, molto presto, lo avrebbero fatto sprofondare nelle sabbie mobili delle sue passioni.

Gli capitava spesso, guardandola, di pensare che, in un ipotetico duello tra il tempo, tiranno, e la sua bellezza, avrebbe di sicuro vinto Laura.

Appena furono vicini, si abbracciarono e si persero in un bacio che lì ripagò del tempo atteso.

Laura era uno stimato avvocato di un'importante azienda farmaceutica e trascorreva molti mesi dell'anno a Monaco di Baviera. Quella volta la sua permanenza in azienda era durata più del previsto ed era rientrata dopo più di un mese e mezzo.

Luca era un professore universitario di archeologia e storia dell'arte della Federico II, aveva ottenuto la cattedra appena trentacinquenne ed amava il suo lavoro. Era felice di trasmettere ai giovani la conoscenza che aveva acquisito in tanti anni di studio. L'insegnamento rappresentava per lui una missione, un modo per risvegliare le coscienze di tutti quei ragazzi che avrebbero formato la classe dirigente del futuro. Aveva un legame particolare con la sua terra, amava la città di Napoli che, ogni volta, lo portava ad immergersi sempre in nuove scoperte e nuove storie da raccontare ai suoi studenti.

Prima di rientrare a Napoli, Laura aveva dovuto raggiungere un gruppo di colleghi che si trovavano al Pompei Resort Hotel per un convegno organizzato da una delle società del gruppo farmaceutico del cui ufficio legale Laura era responsabile.

Approfittando del convegno di Pompei, alcuni influenti azionisti americani avevano colto l'occasione per incontrare un gruppo di dirigenti e soffermarsi su alcune decisioni strategiche che avrebbero condizionato le sorti di alcuni dei prodotti più importanti della produzione. Laura non avrebbe potuto sottrarsi e, a malincuore, aveva dovuto garantire la sua presenza.

Ultimate che furono le beghe aziendali, le fu impossibile poter rientrare subito a Napoli: i colleghi americani l'avevano costretta ad accompagnarli in visita al più importante parco archeologico del mondo.

Laura aveva tentato in tutti i modi di svincolarsi dall'invito, ma tutti i suoi tentativi erano risultati vani. Aveva anche tentato di convincere Luca a raggiungerla nel pomeriggio. In questo modo avrebbe ottenuto due risultati: vederlo e approfittare della sua particolare preparazione sulla storia del parco che avrebbe, di certo, impressionato i suoi capi.

Luca, infatti, era stato più volte partecipe ai ritrovamenti archeologici degli scavi di Pompei e nel tempo aveva perfezionato la sua conoscenza del sito e delle sue meravigliose opere; era stato, inoltre, promotore di molti convegni ed eventi, in quello che, da sempre, considerava il simbolo di come, dalla morte e dalla distruzione, si potesse ritrovare un'anima sepolta da secoli, ma ancora capace di raccontare le storie quotidiane dei suoi abitanti.

Con dispiacere, tuttavia, Luca aveva dovuto rifiutare l'invito di Laura perché, quel giorno, era stato chiamato da Antonio Minervini, suo grandissimo amico ed estimatore, a partecipare all'inaugurazione della sua galleria d'arte, in via Massimo Stanzione.

Luca prese il trolley di Laura e, mano nella mano, si avviarono verso l'uscita della stazione.

«Com'è andato il viaggio?», chiese Luca.

«Un po' scomodo, ma breve», Laura voltò lo sguardo sul viso di lui, «tu come stai? Stavi aspettando da molto?» domandò.

«Non molto, mi posso ritenere fortunato a non aver dovuto sentire oltre quella voce stridula proveniente dagli altoparlanti».

Laura, sorridendo, tentò di fare l'imitazione della voce registrata, «annunciamo ai signori passeggeri che al binario dodici è arrivato l'arrotino».

Luca scoppiò in una risata, «le imitazioni non sono il tuo forte, mi fai ridere».

«Non saranno il mio forte, ma vedo che hanno ottenuto l'effetto che speravo».

«Mi sei mancata», disse Luca stringendole la mano.

«Anche tu», rispose lei.

II

Quel suono l'aveva salvata molte altre volte, distogliendola dal confronto con la sua anima. In certi momenti avrebbe voluto che suonasse tutto il giorno, voleva sfuggire dal peso del rimorso e dall'umiliazione per gli errori che aveva commesso nel passato. Avrebbe voluto nascondersi dalla vergogna, ma aveva deciso di rifugiarsi in un luogo dove avrebbe potuto continuare a vivere purificando, giorno dopo giorno, la sua esistenza.
Il suono sordo e costante le ricordava che il suo tempo non sarebbe durato in eterno e che, per espiare le sue colpe, avrebbe dovuto sacrificare la sua vita per un bene supremo, più grande anche dell'esistenza umana, più importante perfino della sua stessa vita.
La notte era ancor più amara del giorno: gli incubi si impossessavano dei suoi spazi, annientando la casa sacra in cui aveva scelto di vivere. In quegli istanti, la dimora di pace diventava l'angolo più buio, dal quale sarebbe solo voluta scappare.
Ma era proprio quel suono che si presentava dirompente, costante, che, come un risveglio dell'anima, le impediva di disobbedire al suo voto; era certa della misericordia del suo amato che, un giorno, le avrebbe concesso il diritto di vivere tra gli eletti.

Quella notte fu diversa dalle altre, il canto dei demoni si manifestò più potente di qualsiasi altro suono. Niente e nessuno avrebbe potuto distoglierla dai suoi più reconditi incubi e dai segreti celati nel suo cuore.

In quella piccola stanza non c'era spazio per i rimpianti; seduta sul letto, con il volto segnato dal dolore, guardava la sua immagine riflessa nello specchio.

Per un'istante, le sembrò di rivedere la sua giovinezza, i suoi ricordi vagavano confusi nella mente che si sforzava di ritornare nei luoghi dei primi anni della sua vita, dove la spensieratezza non lasciava spazio a nessun compromesso e la gioia di vivere aveva il sapore delle cose eterne. Ma, ben presto, quella percezione svanì, lasciando il posto ad immagini confuse, come se un vortice immenso risucchiasse tutto ciò che la vita le aveva regalato, portando via con sé anche quella sensazione di pura leggerezza che per un attimo era riuscita a conquistare.

Facendo leva sulle mani, si alzò dal giaciglio. Lentamente, si avvicinò alla finestra della sua cella e, all'ombra della luna, si inginocchiò e pianse.

Per le suore Domenicane di Pompei, le campane delle sette del mattino annunciavano l'ora delle lodi. Il timido rumore dei passi cominciava a riecheggiare nel convento, rompendo il silenzio che regnava nelle ore notturne.

Dalle loro celle, le monache si dirigevano verso la cappella per l'inizio delle celebrazioni che si sarebbero susseguite per l'intera giornata.

Suor Lucia, al secolo Margherita Dibassi, prese dall'armadio i suoi abiti e li ripose sulla sedia. Nella cella c'era un letto, un comodino, un armadio ed una piccola scrivania sulla quale era adagiato uno specchio. Sulle pareti spoglie erano presenti delle evidenti crepe che facevano da cornice ad un modesto crocifisso.

La luce filtrava da una piccola finestra che dava sul cortile interno del convento. Un raggio di luce illuminò la scrivania dove era riposto un vecchio tomo delle sacre scritture.

Gli abiti sulla sedia e la Bibbia fecero riaffiorare il ricordo del giorno della sua vestizione, quel giuramento solenne fatto dinanzi al Signore.

Inginocchiata davanti a Dio, con il volto rivolto a Cristo, aveva pronunciato i voti di obbedienza, povertà e castità.

In memoria di quel giuramento, Lucia prese i suoi abiti bianchi e, come un soldato di Cristo, li indossò; raccolse i capelli e adagiò lentamente il velo nero sul capo.

Con lo spirito in fiamme, adesso, era pronta per combattere la battaglia contro quei demoni che, continuamente, tormentavano la sua anima.

Mentre percorreva il corridoio che l'avrebbe portata verso la cappella, Lucia incrociò le sue sorelle, ma una in particolare fu attratta dalla cupezza del suo viso.

Suor Esterina era una donna anziana e minuta, la sua schiena ricurva era il segno di una vita dedicata alla preghiera e al duro lavoro nei campi; da quando era entrata in convento aveva svolto diverse mansioni, ma quella che riscuoteva più apprezzamenti da parte delle sue consorelle era la sua innata abilità ai fornelli.

Originaria del Brasile, era la quarta e ultima figlia di una modesta famiglia di contadini. Sin da bambina aveva vissuto tra i campi, dove aveva potuto ammirare la grandezza dell'opera divina. Gli orti, i frutteti e l'aria che aveva avuto la fortuna di respirare nelle immense distese della sua terra di origine erano stati, per molti anni, la sua ancora di salvezza e l'avevano distratta dall'angoscia che le provocava lo stato di precarietà e di povertà nella quale aveva vissuto la sua giovinezza.

La sua estrema sensibilità l'aveva spinta alla minuziosa conoscenza dei segreti delle materie prime che lei stessa raccoglieva. All'estremità del cortile interno al monastero c'era un orto che Suor Esterina custodiva gelosamente; nessuno poteva avvicinarsi senza il suo consenso. Nel suo piccolo mondo si rallegrava di ogni piccola vittoria: il profumo dei fiori, che costeggiavano il rudimentale recinto, la portavano in uno stato di quiete interiore tale da trasportarla in un mondo parallelo dove non c'era spazio per il dolore e la sofferenza. In questo mondo ritrovava l'amore per le cose semplici, rifugio della sua vera identità, con la consapevolezza di custodire gelosamente il segreto della eterna felicità.

Esterina, in cuor suo, era consapevole che la scelta di seguire i passi del Signore era stata questione di necessità, più che di spiritualità. Necessità di sfuggire da quella condizione di povertà che l'avrebbe resa vulnerabile nello spirito e schiava del suo corpo.

Con il tempo, la sua devozione le aveva garantito la riconciliazione con il suo Dio che, per ripagarla, le aveva fatto dono della capacità di leggere nel profondo l'animo delle persone. Molte sorelle evitavano di incrociare il suo sguardo per paura di dover affrontare, anche per un solo istante, le loro più segrete debolezze. Erano consapevoli che, al cospetto di Esterina, lo spirito avrebbe spinto così tanto la verità, che questa sarebbe esplosa dalla bocca come un'eruzione.

Ad Esterina, dunque, non passò inosservata l'inquietudine che si poteva leggere negli occhi verdi e spenti di Lucia. L'aveva notata altre volte, ma, quella volta, ebbe la sensazione che fosse successo qualcosa di molto più doloroso. Superando alcune sorelle, si affiancò alla destra di Lucia.

«Buongiorno Lucia, tutto bene?», le chiese.

Lucia sobbalzò, distratta e disorientata dall'angoscia che l'aveva accompagnata quella notte.

«Buongiorno Esterina, scusami ma non ti avevo vista», rispose facendo un lieve sospiro «sì, si, tutto bene, grazie. Perché me lo chiedi?».

«Sai, è da un po' di tempo che ti vedo assente, sono un po' preoccupata», rispose Esterina.

«Non ho niente, grazie. È solo un periodo molto faticoso», disse Lucia, cercando di chiudere lì la conversazione.

«Sappi che, se e quando avrai bisogno, io ci sono e ci sarò sempre per te».

Lucia, la guardò fissa negli occhi, d'un tratto fu tentata dalla disponibilità di Esterina, avrebbe voluto liberarsi di quel peso che portava da troppo tempo, consapevole che la bontà d'animo della sorella avrebbe, di sicuro, portato conforto al suo cuore. Quell'istinto durò solo pochi secondi prima che Lucia distogliesse lo sguardo, pensando che non era ancora giunto il momento.

«Scusami Esterina, credo sia ora, per noi, di raggiungere le nostre sorelle in cappella, dobbiamo pregare per tutte le anime bisognose».

Nel corridoio era calato il silenzio, tutte le suore avevano raggiunto la cappella. Suor Esterina e Suor Lucia si scambiarono un ultimo sguardo prima di raggiungere le sorelle.

La Cappella era di dimensioni adeguate ad accogliere le ottanta monache del convento. Sulle pareti beige erano visibili delle piccole icone che riproponevano le tappe della passione di Cristo, intervallate da tre grandi finestre sul lato più lungo e due porte sull'altro lato. Sul pavimento, in stile classico, si ripeteva, per tutta l'estensione, un motivo che richiamava la forma di un fiore a croce. Le panche erano disposte parallelamente alla parete più piccola, lasciando spazio ad uno stretto corridoio centrale.

Il canto delle preghiere si propagò per tutto il monastero, portando sollievo alle monache inferme che non avrebbero potuto assistere alle celebrazioni.

«......*Dall'ira del giudizio liberaci, o Padre buono; non togliere ai tuoi figli il segno della tua gloria. Ricorda che ci plasmasti col soffio del tuo Spirito: siam tua vigna, tuo popolo, e opera delle tue mani* ......»

Si udì un forte rumore proveniente dalla cappella e poi, il silenzio.

III

La fermata "Università", della metropolitana di Napoli, è un'esplosione di colori. Sulle pareti, le innumerevoli forme si accavallano come un caleidoscopio, quasi a rappresentare il fermento accademico che si ritrova in quell'angolo della città. Luca era incapace di immergersi in quell'alfabeto psichedelico, troppo abituato allo stile classico che, da sempre, lo affascinava e alimentava la sua professione.
Aveva vissuto gli anni della sua gioventù nel quartiere Materdei, dove aveva potuto conoscere, sin da subito, i pregi e i difetti di quella meravigliosa città.
Si riteneva uno dei tanti fortunati ad essere nato tra le mura di una casa di accademici. I suoi genitori gli avevano trasmesso, sin da piccolo, l'amore per la cultura che lui, successivamente, aveva trasferito nella conoscenza dell'arte figurativa.
Amava quel quartiere, nel quale l'anima, molto spesso, si perdeva nell'immensità della bellezza delle sue molteplici forme architettoniche. Palazzi in perfetto stile Barocco, si confondevano con le più sobrie architetture popolari. Per Luca quelle ambientazioni erano state lo scenario perfetto, nel quale aveva potuto stimolare la sua innata curiosità per l'arte.
Appena laureato, si era trasferito nel più elegante quartiere di Chiaia, in via del Parco Margherita. In quella casa, aveva

vissuto il periodo più bello della sua vita e della sua crescita professionale.

Luca e Laura, dopo pochi mesi dal loro primo incontro, avevano deciso che quella sarebbe stata la fortezza nella quale avrebbero potuto custodire i loro più intimi segreti.

Da allora, quella unione di passioni aveva preso il sopravvento anche sul profumo di mare che, in alcuni momenti della giornata, veniva trasportato dalla leggera brezza proveniente dal Golfo di Napoli.

Luca, come ogni mattina, aveva raggiunto la fermata "Università", avvalendosi della vicina stazione della metropolitana di piazza Amedeo; riusciva, così, ad evitare il traffico che, nelle prime ore del mattino, imbrigliava tutte le principali strade della città.

Prima di entrare in ateneo, non poteva mancare la solita sosta al Gran Caffè Mexico di corso Umberto I, dove l'accoglienza del barman era sempre calorosa.

«Professò buongiorno, le preparo il solito caffè?».

«Caro Giovanni, buongiorno a te. Oggi macchiato, grazie».

Il barman annuì e si mise subito all'opera districandosi tra la macina-chicchi e la macchina a pressione.

Nell'attesa che gli servissero il caffè al banco, a Luca non passò inosservata la notizia che stavano comunicando al telegiornale. Si voltò in direzione del televisore, che era posizionato sulla parete alle sue spalle.

La cronista stava annunciando che, quella mattina, un addetto al servizio di sorveglianza degli scavi di Pompei aveva rinvenuto il cadavere di un uomo, riverso a terra, nella villa dei Misteri.

"......non sono, per ora, chiare le cause della morte. Sul luogo è intervenuto il nucleo investigativo dei Carabinieri, coordinato dal colonnello De Fazio. Sono tutt'ora in corso le indagini, ma si propende decisamente per un omicidio...".

«Professò, basta ca s'accirene tra di loro e lasciano in pace la brava gente», disse il barista che, nel frattempo aveva poggiato la tazzina sul bancone, «pigliateve o' caffè, ca se fa fridd».

«Ti ringrazio Giovanni».

Luca avrebbe voluto spiegare che, per combattere la malavita, non ci si sarebbe dovuti necessariamente uniformare alle regole di vita adottate nel Far West, ma che esistevano delle modalità più idonee a garantire la sicurezza delle "brave persone" di quella città. Si rendeva conto, però, che quella precisazione avrebbe scatenato l'immediata reazione dei presenti ed una sequela di racconti, molto simili a quello del cavalluccio rosso di "Così parlò Bellavista" e quindi decise di soprassedere.

Sorseggiò il suo caffè, pagò e, uscito dal bar, si avviò verso l'ateneo.

La Facoltà di Lettere e Filosofia è ubicata in via Porta di Massa. Un tempo quei luoghi erano affollati dai marinai provenienti da Massa Lubrense, che cercavano ricovero nelle modeste osterie della zona o, taluni, tra le braccia di Maria "Mondezza". Le numerose dominazioni, susseguitesi nel tempo, avevano caratterizzato e arricchito di nuovi elementi, artistici e architettonici, l'intero quartiere.

I segni del passaggio dei marinai dominavano indisturbati da secoli, ancora visibili nei volti dei ragazzi che popolavano il chiostro di San Pietro Martire: la paura di chi deve affrontare un lungo e faticoso viaggio, la disperazione di chi si è arreso e la gioia di chi, nella nebbia, intravede la meta dei propri sogni.

Il chiostro di San Pietro Martire è il cuore dell'intero complesso universitario e vi si accede dall'ingresso principale della facoltà di Via Porta di Massa. Otto arcate per ogni lato, fanno da cornice al porticato di forma quadrangolare, dal quale è possibile raggiungere le aule e gli uffici direzionali. Al centro del chiostro, c'è una grande fontana di forma ottagonale, risalente al XVI secolo.

L'edificio, che dal 1953 ospita la sede universitaria, e la chiesa adiacente di San Pietro Martire, furono realizzate, nel XIII secolo, per opera degli Angioni e, dopo la costruzione, donate ai frati Domenicani.

Nel XVII secolo, per volontà dei frati, nacque l'accademia di San Pietro Martire, nella quale confluirono molteplici illustri intellettuali del tempo. La struttura fu utilizzata come sede monastica, fino a quando, nel XIX secolo, fu soppressa e destinata alla produzione di tabacchi, per volontà di Giuseppe Bonaparte.

Dapprima da studente e poi da docente, Luca non si era mai abituato a quegli ambienti: provava sempre la stessa emozione nel varcare quel portale d'ingresso così maestoso.

Attraversò la moltitudine di ragazzi che affollava il chiostro e raggiunse il suo ufficio.

Mattia, il suo assistente, era già lì, quasi del tutto sommerso dagli innumerevoli fascicoli ammassati sulla scrivania.

Luca, dalla sua prospettiva, faceva fatica a riconoscerlo, riuscendo a malapena ad intravedere i bizzarri occhiali e parte della sua fronte stempiata. Provava molta ammirazione per quel ragazzo di provincia che, con tenacia e determinazione, aveva raggiunto i suoi obiettivi.

Mattia era cresciuto in una famiglia molto modesta e, per permettersi di proseguire gli studi, aveva iniziato a lavorare, molto giovane, dapprima come cameriere in diverse trattorie di Napoli e poi come commesso in una bottega d'antiquariato.

Amava l'arte ed aveva sfruttato al meglio la sua spiccata intelligenza così, alla fine, aveva realizzato, il traguardo accademico che desiderava.

Era per queste caratteristiche che Luca tollerava quella sua stravagante maniera di gestire il proprio lavoro.

«Buongiorno Mattia, almeno credo sia tu dietro tutte quelle cartacce!».

Mattia, preso dal suo lavoro, non vide entrare Luca nella stanza e, nel sentire la sua voce, fece un sussulto. Il brusco movimento fece cadere alcuni fogli sul pavimento e Mattia si ritrovò ansimante con la schiena appoggiata alla sedia.

«Pro-professore buongiorno, non l'ho vista entrare».

«Dovresti iniziare a organizzare meglio la tua scrivania, così eviterai rimproveri e, nella peggiore delle ipotesi, inutili infarti. Ho ancora bisogno di te, ricordalo».

«Si Professore, adesso metto subito in ordine».

Si alzò dalla sedia e cominciò a riporre alcuni documenti in un armadietto alla destra della sua scrivania.

La stanza era minuscola e illuminata solo da un piccolo lucernario perciò, quasi sempre, era indispensabile ricorrere alla luce artificiale. C'era giusto lo spazio per due scrivanie, un armadio, un mobile basso e una sedia per gli ospiti.

Luca appoggiò il suo zaino sul mobiletto e prese posizione alla sua scrivania. Accese il computer e attese che il sistema operativo si avviasse.

«Perdiamo molto più tempo ad aspettare che questi catorci si avviino, piuttosto che utilizzarli proficuamente», disse Luca poggiando la schiena alla sua poltrona, «ecco i potenti mezzi messi a disposizione dal Ministero», fece una breve pausa e continuò, «Mattia, scusami, hai completato quella ricerca sulla chiesa di San Giovanni a Carbonara?».

«Professore, è quasi finita, vorrei approfondire il contenuto di alcune fonti che sono riuscito a rinvenire solo un paio di giorni fa. Se è urgente, gliela consegno domani».

«Non ti preoccupare, cerca, però, di completarla per l'inizio della prossima settimana. Il 21 dicembre parteciperò ad un convegno sull'arte rinascimentale napoletana che si terrà all'hotel Vesuvio».

«Certo Professore».

In quell'istante, risuonò nella stanza il suono del telefono interno dell'ufficio. Mattia si mise alla ricerca del cordless che trovò, dopo un po', nascosto dietro allo schermo del suo computer. Prese il telefono e rispose.

«Ufficio del professor Manfredi».

Luca notò subito lo stupore che traspariva dal volto di Mattia «Un attimo, le passo subito il professore».

Mattia si avvicinò a Luca e coprì con la mano destra il microfono del telefono.

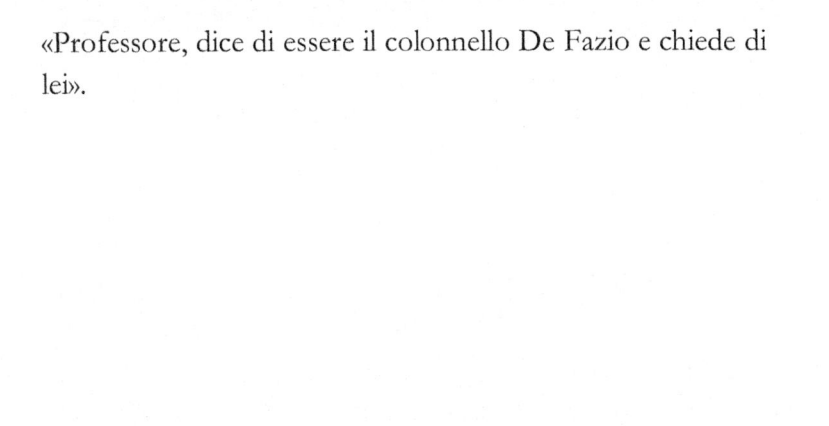

«Professore, dice di essere il colonnello De Fazio e chiede di lei».

IV

La telefonata del Colonnello De Fazio l'aveva colto di sorpresa: mai e poi mai avrebbe potuto immaginare di doversi ritrovare in un luogo dove, qualche ora prima, era avvenuto un terribile omicidio. Gli appariva tutto come uno scherzo e non vedeva l'ora che qualcuno uscisse, da qualche angolo nascosto, per comunicargli che era tutto un bluff.

Dalla telefonata capì, sin da subito, che il suo coinvolgimento era il segno che l'omicidio, avvenuto nella Villa dei Misteri, non avesse le caratteristiche di un agguato malavitoso; diversamente da come era stato prefigurato da Giovanni, il barista. Doveva esserci qualcosa di insolito che aveva condotto gli inquirenti a chiedere assistenza ad un docente universitario in storia dell'arte.

Il Colonnello aveva chiesto al professor Manfredi di raggiungere l'ingresso del sito archeologico di Pompei; lì, ad attenderlo, avrebbe trovato il brigadiere Saviano che lo avrebbe, poi, condotto alla Villa dei Misteri.

Alla richiesta di Luca di approfondire i dettagli di quella inconsueta richiesta, il Colonnello, rigido e risoluto, aveva risposto che "il tempo è il primo nemico delle indagini", "ci raggiunga presto!" e aveva, così, concluso la conversazione.

La strada che porta verso l'ingresso del sito archeologico, tra i più visitati al mondo, è quasi completamente lastricata e costeggiata, da un lato, da una fitta vegetazione che fa da cornice agli scavi. L'ingresso si trova in piazza Immacolata, dove trova fine via Plinio e inizia via Roma. Al centro della piazza, su una colonna in stile corinzio, si erge la statua della vergine Maria, quasi a voler rappresentare la vittoria del Cristianesimo sul paganesimo, oppure, in una diversa interpretazione, il sincretismo dei due culti, come fondamento nella divulgazione e diffusione della Chiesa Cattolica in gran parte dell'Impero Romano.

La vergine Maria veglia indisturbata l'ingresso degli scavi di Pompei, dove migliaia di visitatori si accalcano nella speranza di ritrovare, in quelle sorprendenti vestigia, la straordinarietà dell'opera creata dall'uomo, che si contrappone alla imprevedibile potenza distruttiva della natura.

Ad attendere Luca, come era previsto, c'era un giovane carabiniere di bassa statura e con qualche chilo di troppo. Impettito, camminava lungo l'ingresso come un soldato inglese durante il cambio della Guardia a Buckingham Palace. Luca si avvicinò al carabiniere e, con garbo, disse «Buongiorno».

«Buongiorno», rispose lui sospendendo la sua falcata, «come posso aiutarla?».

«Mi scusi, sto cercando il brigadiere Saviano, dovrebbe essere qui ad attendermi».

«Sono io il brigadiere Saviano! Immagino che lei debba essere il Professor Manfredi», chiese il carabiniere posizionandosi di fronte a Luca.

«Esatto, lieto di fare la sua conoscenza», Luca tese la mano al carabiniere.

«Il piacere è il mio Professore, la prego mi segua, la accompagnerò dal Colonnello De Fazio che l'attende all'ingresso della Villa dei Misteri», voltandosi di spalle continuò, «immagino che sia pratico degli scavi, vista la considerazione che le riserva il direttore del parco.».
Luca, per un attimo, trasalì ricordando l'ultima volta che aveva visto Roberto Fortunato. Il risultato di quell'incontro non poteva, di certo, tradursi in un risultato di stima reciproca. Avevano finito per mandarsi a quel paese e per ritrovarsi, di tanto in tanto, solo nelle circostanze dove la loro presenza era un dovere più che un piacere.
Luca rispose, non nascondendo un certo imbarazzo.
«Si, si, certo. Ho avuto il privilegio di studiare gran parte dei reperti del parco archeologico».
Luca e il brigadiere Saviano si avviarono verso la Villa Dei Misteri.
Percorrere quei viali intrisi di storia era un viaggio nel tempo unico nel suo genere. Le espressioni di entusiasmo che si vedevano impresse sul viso dei turisti erano la prova dell'unicità delle opere che si incrociavano lungo il percorso.
Luca, per quanto avesse visto migliaia di volte quei luoghi, restava sempre estasiato alla vista di quella moltitudine di reperti.
Tra le strade, le case, l'anfiteatro, il foro e i resti delle botteghe si può ancora ascoltare il mormorio delle migliaia di persone che popolavano, un tempo, le strade di Pompei, ma anche l'orrore, la paura degli ultimi attimi di vita di coloro che non riuscirono a scappare dalla devastazione dell'eruzione.

La furia incontrollabile del Vesuvio, visto dagli abitanti come un grande e fertile monte, aveva trascinato con sé la vita di molti uomini, donne e bambini, ancora visibile nei calchi ricavati durante le operazioni di scavo.

Luca era consapevole che, senza quella catastrofe, nulla sarebbe potuto resistere dalla corrosione del tempo e dalle razzie umane. La coltre infuocata aveva preservato nei secoli l'anima della città, la si poteva cogliere nei meravigliosi affreschi, che evocano racconti di vita, nei solchi delle strade a servizio dei conducenti dei carri e nell'immensità di miti e leggende che aleggiavano indisturbate da millenni.

Durante il tragitto che li avrebbe portati verso il luogo dell'incontro stabilito dal Colonnello, sul viso del brigadiere Saviano era perfettamente visibile un senso di disorientamento dovuto, perlopiù, all'imbarazzo provocato dalla mancata conoscenza di quei luoghi storici e alla, non secondaria, vicinanza del professore Manfredi che gli provocava non poca agitazione.

«Brigadiere, mi scusi», disse Luca, «mi chiedevo se fosse già stato qui altre volte».

«Professore, certo», rispose il brigadiere mostrando un certo imbarazzo, «l'ultima volta che sono venuto risale a molti anni fa, una gita scolastica forse. Non ricordo».

«Non trova che si respiri un'aria diversa qui, come se il tempo fosse più lento?».

«Si professore, è incredibile come sia rimasto tutto così intatto per tutti questi secoli».

«Deve sapere che devo molto a questo posto. Anche, io come lei, sono venuto per la prima volta da piccolo. Ricordo che venivo in compagnia di mio padre, ed è stato grazie a quei momenti che ho potuto approfondire la mia passione per la storia e apprezzare la bellezza dell'arte" disse Luca immerso in quei ricordi, «ritornare è sempre un'emozione nuova, non si è mai preparati alla potenza che si percepisce. Ha proprio ragione quando afferma che è incredibile come sia rimasto tutto così intatto».

Arrivati in prossimità della Villa, il professor Manfredi cominciò ad impensierirsi e il suo volto mutò notevolmente. Non sapeva cosa aspettarsi e, rivolgendosi al brigadiere, chiese.

«Lei sa qual è il vero motivo della mia convocazione?».

«Mi dispiace professore, ma non sono autorizzato a darle questo tipo di informazioni», rispose il brigadiere che si fermò di colpo e, guardando in direzione della Villa, proseguì «guardi, proprio lì, di fronte a noi, c'è il Colonnello De Fazio. Potrà avere le informazioni direttamente da lui».

Il Colonnello De Fazio era un uomo sulla cinquantina, molto alto; la carnagione del viso era scura e sotto al berretto spuntavano capelli di colore nero intenso, quasi fossero tinti. Era fermo, indossava la divisa nera di ordinanza e si trovava in prossimità della strada di accesso alla villa dei Misteri, aveva lo sguardo, serio ed immobile, puntato in direzione di Luca e del brigadiere e le mani incrociate dietro la schiena.

Quando furono vicini, Luca avvertì la rigidità e la riverenza con la quale il brigadiere si posizionò di fronte al suo colonnello, mostrando il saluto militare. Il colonnello ricambiò il saluto e subito voltò lo sguardo verso il professore.

Luca capì subito che il colonnello doveva appartenere alla corrente più tradizionalista, ligia alle regole militari e all'importanza della gerarchia.

«Buongiorno», disse il colonnello allungando la mano, «sono Antonio De Fazio, capo del Nucleo Investigativo di Napoli, piacere di conoscerla professore».

Luca avvertì tutta la forza della stretta energica della mano del colonnello, «il piacere è il mio», rispose mentre con lo sguardo puntava in direzione dell'ingresso della villa dei Misteri, «perdonerà il mio imbarazzo, ma non sono solito trovarmi in questo tipo di situazioni. Non so nemmeno in che cosa potrei esservi utile».

«Professore mi segua, è il caso di parlarne all'interno della villa. Capirà da solo».

V

"Di chi è questa voce, dove sono? Ho paura, vi prego qualcuno mi aiuti. Mi sento così disorientata, fragile.
Dio, almeno tu, ti prego, non abbandonarmi. Sono qui, mi vedi?".
«Lucia, Lucia mi senti?».
"Si, si, Sono qui, come fai a non vedermi? Sento dolore in tutto il corpo e il cuore mi batte in gola, sono stanca di lottare, stanca di correre senza una meta. Qualcuno mi aiuti, vi prego".
«Lucia, forza, alzati».
"Io mi chiamo Margherita. Chi sei e cosa vuoi da me? Lasciami qui, non ho bisogno di niente. Vattene!".
La cappella era caduta in un silenzio cupo, spezzato solo dalla voce di suor Esterina che, invano, cercava di far rinsavire Lucia che si trovava in evidente stato di agitazione, sudava e pronunciava parole senza senso.
Le monache avevano sospeso la preghiera mattutina e si erano tutte precipitate a soccorre la loro sorella che, cadendo, aveva battuto la testa sullo schienale di una delle panche posizionate nella cappella.
Sotto il capo le avevano riposto un cuscino; Lucia era distesa nel corridoio centrale della cappella, al suo fianco, inginocchiata, si trovava Suor Esterina che le stringeva forte

la mano mentre le consorelle si trovavano in cerchio, immobili e silenziose, nell'attesa di un segno di ripresa di Suor Lucia.

«Lucia, riesci a sentire la mia voce?».

Esterina, con il volto pallido e segnato alla preoccupazione, si voltò verso la prima consorella che si trovava alle sue spalle, «Rachele, per favore, potresti recuperare un panno bagnato con dell'acqua fresca, grazie».

«Si, vado subito», rispose la monaca che si precipitò fuori dalla cappella e, raggiunta velocemente la lavanderia, aprì un mobiletto e prese un asciugamano, lo bagnò con dell'acqua fresca, lo ripose in una bacinella e si avviò nuovamente verso la cappella.

Si fece spazio tra le sorelle e, accovacciandosi, poggiò la bacinella non molto distante da Esterina e le consegnò il panno bagnato.

Esterina prese il panno e lo pose sulla testa di Lucia che, ancora incosciente, continuava a pronunciare parole senza senso.

Qualche monaca aveva avuto la percezione che, tra quelle incomprensibili parole, Lucia avesse pronunciato il nome della Vergine Maria e iniziò a sollevarsi, tra le consorelle, un crescente brusio.

Quel possibile richiamo alla madre di Gesù aveva generato uno stato di trasporto tale da indurre alcune sorelle a prendere tra le mani il rosario che erano solite legare al cordone della tonaca.

Il freddo dell'asciugamano provocò l'immediata reazione di Lucia che, dapprima, si dimenò e poi, pian piano, cominciò a rientrare in uno stato di quiete. Il suo viso riprese velocemente il colorito roseo e le suore tirarono tutte un immediato sospiro di sollievo.

Suor Esterina chiese alle consorelle di allontanarsi e di lasciare spazio, affinché suor Lucia potesse beneficiare dell'aria fresca proveniente dalla vicina finestra.

Lucia riaprì gli occhi e, guardandosi intorno, si rese conto di essere distesa a terra; si vide accerchiata dalle sorelle e non riuscì a capire dove si trovasse e in che modo fosse finita a terra. Strinse la mano di Esterina, aveva la bocca priva di saliva.

«Esterina, cosa è successo?», chiese Lucia con voce tremolante.

Esterina alzò lo sguardo in direzione delle sorelle che, incapaci di reagire, erano rimaste lì in cerchio intorno a Lucia, «qualcuno potrebbe portare un po' d'acqua a suor Lucia?», chiese Esterina prima di ritornare con lo sguardo verso Lucia, «cara sorella, mentre eravamo tutte in preghiera, sei svenuta e, cadendo, hai battuto la testa sullo schienale della panca».

«Ho dei ricordi vaghi», disse Lucia sforzandosi di ricordare, «ero sicuramente in preghiera quando ho avvertito una sensazione di leggerezza. Poi il buio, non ricordo più nulla», prese il bicchiere d'acqua che, nel frattempo, una delle sorelle le aveva portato, bevve qualche sorso e continuò, «mi sentivo come risucchiata dall'interno, non so come spiegare, come se qualcuno volesse spingermi verso il basso. Ho avuto molta paura, ma con il trascorrere del tempo quella sensazione di sgomento diventava, pian piano, piacevole. Esterina, scusami,

ma non so cosa mi stia succedendo, ho un peso tremendo al petto e sono così confusa».
Gli occhi di Lucia si riempirono di lacrime. Esterina si avvicinò al viso di Lucia, la accarezzò e disse, «non devi sforzarti di ricordare ciò che è accaduto, ci sarà tempo per questo. Adesso devi cercare solo di riposare un po'. Ricorda che puoi sempre contare su di me e sull'amore di Dio».
Alle parole di Esterina, Lucia rispose con un timido sorriso trasferendo, in quel modo, tutta la sua gratitudine per quella esile monaca che, più volte, le aveva teso la mano. Con l'aiuto delle consorelle si rimise in piedi e si incamminò verso la sua cella dove avrebbe potuto riposare, così come le aveva consigliato Esterina.

VI

«Ciao Luca, come stai? Scusa per stamattina, ma non avevo la forza di reggermi in piedi. Mi sono svegliata in questo momento».

Laura, mentre parlava al cellulare con Luca, era distesa sul letto della loro casa, avvolta tra le coperte.

«Amore mio, ti sei proprio superato ieri sera, il risotto ai totani era divino e quello Chardonnay, ottimo», continuò Laura stringendo le spalle.

Luca si allontanò dal Colonello De Fazio che, nell'attesa che si concludesse la telefonata, si mise ad ammirare il colonnato policromo del grande portico meridionale della villa.

«Buongiorno amore», rispose Luca, «in questo momento non posso trattenermi molto al telefono».

«Luca, tutto bene?», disse Laura un po' inquieta, «hai un tono di voce strano».

«Scusami, non vorrei essere così sbrigativo ma, credimi, mi sta accadendo una cosa stranissima».

«Luca non farmi preoccupare, cosa succede?».

«Stamattina ho ricevuto un'insolita chiamata da un colonnello dei carabinieri che mi chiedeva di raggiungerlo alla Villa dei Misteri nel parco archeologico di Pompei. Stanotte c'è stato un omicidio e, non so per quale assurdo motivo, gli inquirenti pensano che io possa essere utile. Adesso mi trovo proprio all'ingresso della villa con il colonnello De Fazio».

Laura sobbalzò nel letto, non poteva credere a quello che le stava raccontando Luca.

«Non capisco, è tutto così illogico», rispose lei, «tu sei un docente universitario, non un criminologo. Cosa vorranno mai da te?».

«Non ho ancora ricevuto nessun dettaglio sull'omicidio, ma, da quanto ho potuto capire, la mia presenza non è associata a qualcosa che ha a che fare con la vita della vittima ma, piuttosto, con il luogo della sua morte. Adesso devo andare, il colonnello mi sta aspettando».

«Vai e aggiornami appena puoi. Ti amo».

«Anche io ti amo».

Luca, terminata la telefonata, si avviò velocemente verso il colonnello che lo stava aspettando. Costeggiarono il colonnato e varcarono l'ingresso che, per ragioni di sicurezza, era presidiato da due guardie intente a bloccare l'afflusso dei visitatori visibilmente infastiditi. Gli scavi archeologici di Pompei sono una delle mete turistiche più visitare al mondo e la Villa dei Misteri rappresenta, per loro, una delle tappe più importanti del parco; per nessuna ragione avrebbero perso l'opportunità di ammirare i meravigliosi affreschi presenti nella villa ma, quel giorno, avrebbero dovuto fare i conti con un dramma che non aveva nulla a che fare con la rovinosa caduta di Pompei del 79 d.c., e i colori della morte, avvenuta la sera precedente, avevano ancora molto poco da raccontare, almeno per il momento.

La villa sorgeva su una piccola altura fuori dalle mura dell'antica città e dall'esedra, un tempo, era possibile ammirare le splendide acque del golfo delle Sirene. Era stata edificata come residenza signorile e, prima dell'eruzione del 79 d.c., stava trasformandosi in una villa rustica. Le stanze interne erano finemente affrescate con motivi che, in alcuni casi, ricordavano stili egiziani; ma quelle che rappresentavano il cuore, vivo e pulsante, della villa erano le stanze nelle quali era possibile ammirare i maestosi affreschi che riproponevano il mito del dio Dionisio. Tra queste, il *Triclinium* era, di certo, la fotografia più bella ed enigmatica di quel misterioso mito. Ammirando gli affreschi di quella sala, si veniva catapultati nel viaggio dei sentimenti dell'iniziato, dove la paura, l'orgoglio e la gioia si presentavano come la danza della vita. I primi passi del bambino, il primo volo dell'uccello e, a fare da sfondo a questo capolavoro, c'era la consapevolezza che il tempo non era privilegio del dominio dell'uomo, ma un umile servo della casualità.

Luca e il colonnello passarono per uno stretto corridoio che li portò nell'*Atrium,* attraversarono il *Tablinium,* dal quale si poteva accedere anche all'*Esedra,* e si diressero verso la sala denominata del Grande Affresco.

«Colonnello, adesso che siamo vicini al luogo dove è avvenuto l'omicidio, mi dice in che modo la mia presenza può essere utile alle indagini? Non le nego che avverto una sensazione di nausea al solo pensiero di dovermi ritrovare nella stessa stanza con un cadavere e, a questo punto, vorrei poter fare un po' di chiarezza». Luca, in evidente difficoltà per ciò che si sarebbe presentato ai suoi occhi di lì a poco, cercava risposte ed, in un certo senso, aspirava anche ad avere un po' di conforto dalle parole del colonnello. Si fermarono qualche metro prima della sala ed il colonnello rispose.

«Ascolti, non voglio turbarla più di quanto non lo sia già, ma stiamo indagando su un omicidio che ha delle dinamiche molto particolari ed inquietanti. I segni che l'assassino ha lasciato sulla scena del crimine appaiono come la firma di uno psicopatico e gli inquirenti paventano la possibilità che la furia assassina non si plachi solo con questo omicidio».

«Quindi pensate che possa trattarsi di un killer seriale?», domandò Luca, tutt'altro che rassicurato dalle parole del colonnello.

«Al momento non possiamo permetterci di escludere nessuna pista, per questo motivo sono stati attivati tutti i protocolli di massima sicurezza», rispose il colonnello che, intanto, aveva ripreso a camminare in direzione della sala del grande affresco.

Luca, per quanto terrorizzato, fu spinto da un moto di inaspettata curiosità nel voler scoprire le circostanze che lo avevano portato fin lì.

«Colonnello, il suo assistente mi ha riferito che è stato il direttore degli scavi ad indicarle il mio nome. Roberto Fortunato le ha spiegato anche il perché di questa scelta?»

«Il nostro brigadiere Saviano molto spesso dimentica che esistono dei protocolli molto rigidi in queste circostanze e non dovrebbe divulgare informazioni sensibili senza il consenso preliminare del sottoscritto», disse il colonnello, senza voltarsi in direzione di Luca. Era evidentemente infastidito dall'atteggiamento superficiale del suo assistente, «professore, alcune notizie, mal gestite, possono essere molto pericolose in queste situazioni».

«Capisco», rispose Luca senza avanzare nessuna ulteriore domanda.

«Il direttore del parco ritiene che lei abbia la giusta competenza professionale per decifrare alcuni degli indizi ritrovati sulla scena del crimine.»

Luca si limitò nel fare un lieve cenno del capo; non voleva, con le sue richieste, alimentare ulteriormente il disappunto manifestato dal colonnello verso il suo assistente.

Varcato un disimpegno, si ritrovarono di fronte alla sala del grande affresco.

Quello che Luca vide in quella sala fu la rappresentazione più emblematica della crudeltà umana, una macchia indelebile che avrebbe condizionato, per molto tempo ancora, la sacralità di quel luogo, così prezioso al suo cuore.

VII

"Ho studiato per amore dell'arte, ho vissuto ogni giorno della mia vita ricercando la bellezza dell'umano ingegno, ho potuto toccare con mano e vedere con i miei occhi cosa è capace di creare quella scintilla, quel genio, che in molti amano ricondurre alla divina presenza. A me piace pensare che la curiosità, l'esplorazione delle nostre origini e il desiderio di conoscenza, siano la quintessenza della verità. Amore verso l'inaspettato, l'ignoto; l'amore che si svela. Quello che ho davanti ai miei occhi è, invece, il lato oscuro di tutto questo, che mai e poi mai avrei potuto immaginare". Il professor Manfredi era disorientato da quella moltitudine di persone che si accavallavano, l'una con l'altra, in quella piccola sala, senza però mai intralciarsi; alcune di queste, con indosso tute e calzari bianchi, erano impegnate a raccogliere piccoli frammenti e a rilevare impronte, altre prendevano appunti. Un mormorio continuo di voci incomprensibili accompagnavano i flash accecanti della macchina fotografica. Tra i piedi degli astanti un rivolo di sangue rappreso si faceva strada nelle intercapedini della pavimentazione. Luca seguì con lo sguardo il percorso inverso del sangue, e vide il cadavere.

Un uomo, sulla cinquantina, capelli chiari e dalla corporatura robusta, era disteso a terra, al centro della stanza con il viso rivolto verso la soffitta e la gola tranciata; le gambe erano unite in direzione dell'ingresso e la testa orientata verso la parete est, sulla quale era rappresentata la scena di Dioniso tra le braccia di Arianna. L'affresco, in quel punto, risultava particolarmente danneggiato, mentre il resto della parete era rimasta indenne nei secoli, protetta dalla coltre di cenere generata dall'eruzione. Il braccio destro era posto in direzione della parete nord, sulla quale si apriva un piccolo varco che dava verso il *Tablinium*, ed indicava la scena dell'inizianda intenta a scoprirsi da un velo che, per l'espressione palesemente impaurita, è conosciuta come "l'Atterrita"; il braccio sinistro dell'uomo era adagiato sul suo fianco. La vittima indossava una camicia bianca, per metà sbottonata, la manica sinistra era risvoltata fin su al gomito. Poco distante dal braccio destro, sul pavimento, c'era un orologio Patek Phillippe, vintage, con cassa oro e cinturino marrone, visibilmente usurato. La vittima indossava pantaloni di colore blu e, come per la manica della camicia, anche la gamba destra presentava un risvolto ma, a differenza del braccio, era stata effettuata un'incisione lungo la gamba, forse con lo stesso strumento utilizzato per l'omicidio, affinché il pantalone potesse agevolmente salire fino al ginocchio. I vestiti erano tutti imbrattati di sangue, così come il pavimento in prossimità del corpo. Luca faceva veramente molta fatica a domare la sensazione di nausea che lo costringeva a deglutire in continuazione. Per distrarsi, cercò di focalizzare la sua attenzione solo su quei dettagli che avevano, sin da subito, attirato la sua attenzione: la posizione del cadavere, i vestiti, l'ambientazione, l'orologio, ma, più di tutto, aveva notato, in prossimità del piede sinistro della vittima, dei numeri romani che erano stati disegnati su una parte delle piastrelle bianche del pavimento della sala.

I	I	I	I
I	II	IV	VI
I	IV	VI	X
I	VI	X	XIII

«Professore», disse il colonnello leggendo l'agitazione sul viso di Luca, «immagino che per lei non sia facile, la capisco. Alla morte non si è mai preparati abbastanza; poi in queste circostanze deve essere veramente faticoso per un non addetto ai lavori».

«Si, si, colonnello», rispose lui, «è incredibile tutto questo. Ma chi è stato l'artefice di questa atrocità, chi è la vittima e perché?».

«Ancora non abbiamo scoperto molto, le indagini sono in corso ed ogni dettaglio è fondamentale all'individuazione dell'assassino. Dai documenti ritrovati nella tasca dei pantaloni, sappiamo che la vittima si chiama Massimo Doni, aveva 50 anni, era nato a Napoli e risiedeva a Firenze. Gli agenti della centrale operativa sono al lavoro per individuare i familiari e, a breve, dovrei ricevere qualche informazione in più».

I due furono distratti da un rumore e subito si resero conto che un agente della scientifica, involontariamente, aveva fatto cadere per terra una bobina di nastro segnalatore.

«Attenzione», tuonò il colonnello dirigendo lo sguardo verso il personale della scientifica, «non vi hanno insegnato che un minimo errore può vanificare il lavoro di giorni?».

A quel richiamo, nella sala calò il silenzio e il giovane che aveva fatto cadere il nastro, visibilmente mortificato, si abbassò per riprenderlo.

«Professore, le chiedo scusa», disse il colonnello voltandosi verso Luca, «capirà che ogni dettaglio è di fondamentale importanza in questa indagine. A tal proposito, credo che, a questo punto, abbia compreso le motivazioni che l'hanno trascinata qui. Ci sono ragionevoli motivi che ci portano a pensare che il luogo dell'omicidio non sia casuale, così come non lo sono alcune delle tracce rinvenute sulla scena del crimine. Crediamo che lei possa darci qualche spunto in più con il quale poter delineare il profilo dell'assassino».

«Certo Colonnello, cercherò di fare del mio meglio», rispose Luca, guardandosi intorno, «consideri, però, che non sono in grado di darle garanzie sul risultato».

«Mi basta che faccia tutto il possibile».

Il colonnello indicò il punto della stanza dove c'erano le cifre scritte in numeri romani.

«Ha visto questi strani segni sul pavimento? Le ricordano qualcosa?».

«Ci sono diversi dettagli che ho notato e che hanno bisogno di qualche ulteriore approfondimento», rispose Luca, «spero solo che non si aspetti di ricevere risposte adesso colonnello, le confido che la presenza del cadavere non agevola le mie riflessioni».

Luca non era solito essere messo sotto pressione, anzi, era abituato a suscitare un certo timore reverenziale da parte del mondo accademico e, in modo particolare, dei suoi studenti. Si avviò, lentamente, in prossimità dei segni indicati dal colonnello. Vide che su ogni piastrella era stato scritto un numero romano e la loro disposizione formava un quadrato perfetto. Avvicinandosi, si rese conto che il colore rosso dei numeri era dello stesso colore del sangue rappreso sul corpo della vittima. Si allontanò di scatto nauseato portandosi la mano destra alla bocca.

«Colonnello, ma questo è sangue».

«Non abbiamo ancora il risultato analitico del campione prelevato, ma credo si tratti proprio di sangue».

Luca fece qualche passo indietro, aveva ancora la mano alla bocca per mascherare il disgusto.

«Credo che il disegno appartenga alla famiglia dei quadrati magici», disse Luca rivolgendosi al colonnello «è molto diverso da tutti gli altri. È meno complesso, mi viene da dire quasi banale. La somma delle cifre calcolate, sia in verticale che in orizzontale, in altri casi simili, ha sempre dato come risultato il medesimo numero. Così come quello che si trova su una delle facciate della Sagrada Familia di Barcellona, la cui somma ha come risultato sempre il numero trentatré».

Luca continuava a fare le sue riflessioni ad alta voce ed il colonnello seguiva il ragionamento con particolare interesse, «in questo caso la somma delle colonne e delle righe, anche se diversa, ripete sempre la stessa sequenza, sia che si parta da sinistra verso destra, che dall'alto verso il basso: 4 – 13 – 21 – 30».

«Si è fatto già un'idea del significato di queste cifre?», chiese il colonnello interrompendo i ragionamenti di Luca che, nel frattempo, si era perso nell'ammirare l'affresco sulla parete: lo scrutava da cima a fondo, quasi a voler trovare, negli sguardi millenari dei misteriosi personaggi dipinti, unici spettatori di quell'efferato omicidio, la risposta che cercava il colonello.

Con le braccia conserte e lo sguardo ancora rivolto alla parete, rispose alla domanda del colonnello.

«Mi dispiace ma, al momento, questa sequenza di numeri non ricordo di averla vista altrove, dovrò fare qualche approfondimento appena avrò la possibilità di rientrare in accademia. Lo sa che anche qui, negli scavi, c'è una delle rappresentazioni più antiche di un quadrato magico? È stata rinvenuta su una colonna della Grande Palestra, anche se, in quel caso, le cifre sono sostituite da lettere: ROTAS – OPERA – TENET – AREPO – SATOR».

Luca, per un istante, si trattenne dal continuare, «mi dispiace colonello, forse mi sono dilungato un po' oltre e non voglio tediarla con questi ragionamenti».

«Non mi tedia affatto e non si preoccupi per me, tutto quello che sta dicendo può ritornarmi utile nelle indagini. Questa coincidenza sui quadrati magici, che mi ha appena riferito, merita un approfondimento. Farò controllare quello della Grande Palestra per verificare se l'assassino, prima o dopo l'omicidio, abbia lasciato lì qualche ulteriore indizio».

I due si allontanarono dalla scena lasciando spazio alla scientifica che, instancabile, continuava a prelevare indizi e a monitorare l'intero spazio circostante.

Il colonnello si avvicinò ad uno degli agenti presenti nella sala e chiese di verificare l'esistenza di tracce sospette nelle immediate vicinanze della Grande Palestra e del pilastro sul quale era inciso il quadrato magico, così come gli aveva riferito Luca.

L'agente prese il telefono e si mise immediatamente in contatto con l'ufficio di segreteria della direzione del parco, affinché potesse dare seguito agli ordini impartiti dal colonnello ed individuare con la massima celerità il luogo indicato.

«Professore, cosa pensa della postura del cadavere? Questo modo quasi maniacale di rivoltare i pantaloni e la manica della camicia, la direzione del braccio. Sembra che l'assassino abbia voluto lasciare dei segni di riconoscimento, anche l'orologio è impossibile che si sia staccato dal braccio nella caduta. Il cappotto della vittima è stato scaraventato fuori dalla finestra della sala. Dalle prime ipotesi sembrerebbe che la vittima ed il suo assassino abbiano avuto un'accesa discussione, anche se sul cadavere non sembrano esserci né contusioni, né lesioni evidenti».

Luca, sentendo la descrizione del colonnello, d'istinto si voltò in direzione del cadavere; si pentì ben presto di quella scelta e ritornò immobile a fissare l'affresco, proprio nella direzione indicata dalla vittima.

Luca si rivide nel terrore dell'atterrita, quella figura femminile, d'un tratto, gli sembrò così familiare. L'angoscia dell'incoscienza, di colei che deve affidarsi solo ai propri istinti. "Devi amare così tanto la verità" pensò "da mettere in discussione tutto te stesso, dover superare la paura di perdere la stabilità delle cose certe, di quei rituali che si ripetono senza sosta nella vita e che finiscono per divenire le fondamenta della nostra esistenza. Osare ed andare oltre, alla ricerca di un amore più grande, anche più dell'esistenza umana".

«Colonnello, vorrei poterle dare tutte le risposte che cerca, ma adesso ho bisogno di raggiungere il mio assistente ed avviare ricerche approfondite sulla numerazione e sui dettagli che ho potuto vedere fino a questo momento. A tal proposito, mi chiedevo se fosse possibile scattare qualche foto o c'è qualche protocollo che lo impedisce? In quest'ultimo caso, le chiederei di farmi inviare tutto il materiale necessario alla mia relazione».

«Professore», rispose il colonnello, «ci sarebbero delle restrizioni al riguardo, ma, tenuto conto dell'alto livello di sicurezza di questo caso, posso fare un'eccezione».

«La ringrazio molto per la fiducia».

Luca annuì in segno di riconoscenza e, ricevuta l'autorizzazione, cercò di fotografare tutti i dettagli che sarebbero stati utili al suo lavoro.

Completato il rilievo fotografico, si congedò dal colonnello con l'impegno di contattarlo non appena ci fossero stati sviluppi utili alle indagini.

VIII

«Un omicidio nelle mura del parco archeologico? Ma è assurdo!», disse Lucia incredula.
«Non è il momento di angosciarti per questa notizia», intervenne Esterina, «ti stai riprendendo ancora dal trauma di stamattina».
«Quanta malvagità c'è al mondo», disse Lucia scuotendo il capo.
«Adesso cerca di non pensarci e raccontami cosa ti sta succedendo», le chiese Esterina.
Lucia era sdraiata sul letto della sua cella, con la schiena poggiata su due cuscini adagiati allo schienale. Aveva tra le mani il Vangelo e, con le dita, accarezzava delicatamente i bordi delle pagine. Suor Esterina era seduta sulla sedia ed era intenta a rassicurare Suor Lucia ed a farle sentire tutta la sua vicinanza.
«Esterina, grazie per quello che fai per me e per il calore che mi trasmetti. Non so se merito tutte queste attenzioni.»
Lucia voltò per un attimo lo sguardo in direzione opposta a quella di Esterina, per non farle notare la sua commozione.
«La tua sensibilità verso gli altri e verso di me mi fa sentire legata a te», disse Esterina piegandosi in avanti e poggiando la mano su quella di Lucia, «ma, adesso, più di tutto, devo capire cosa ti sta succedendo. Quello che è accaduto nella

cappella non è stata una cosa casuale, non è stato un banale giramento di testa, ma la conseguenza di qualcosa che tormenta il tuo cuore, non è vero?».

Lucia si spostò leggermente dalla sua posizione supina, scostò la coperta che le copriva le gambe e si mise a sedere sul ciglio del suo letto. Esterina ritrasse la sua mano e la poggiò sul bracciolo della sedia dove era seduta. Con il capo chinato e con i pugni serrati poggiati alle gambe, Lucia parlò.

«Esterina, molto tempo fa, prima ancora che la vocazione mi portasse a vestire questi abiti, la mia vita era molto diversa da quella di oggi. Ho commesso molti errori ed ho pregato tanto per la mia redenzione ma, a quanto pare, non ho ancora pagato abbastanza».

Lucia aveva il cuore in tumulto e quella confessione le stava portando uno stato di agitazione che le aveva completamente asciugato la gola. Prese la bottiglia d'acqua adagiata sul vicino comodino, bevve qualche sorso, e continuò, «sono cresciuta in una famiglia benestante, ho frequentato le migliori scuole di Napoli ed ho ricevuto un'educazione ineccepibile. Gli insegnanti che ho incontrato nel mio percorso di studi mi hanno trasmesso l'amore verso la cultura ed hanno indirizzato, negli anni, le mie letture. Ho potuto apprezzare filosofi, poeti e scienziati. Ma, più di tutto, ero attratta dai romanzi che raccontavano dell'amore, che descrivevano passioni travolgenti e le battaglie di chi non si arrendeva di fronte alle difficoltà. Erano protagonisti costruiti dalle fantasie degli scrittori che rappresentavano un modello, un sogno per chi si immergeva nella lettura di quelle appassionanti storie».

Esterina ascoltava con attenzione, senza interrompere, il racconto, e guardava Lucia con un'amabile dolcezza che bastava ad alleggerire il carico di tensione visibile nel suo sguardo.
Lucia, di tanto, in tanto, alzava il viso verso la sua consorella abbozzando un timido sorriso. Questo piccolo gesto era il modo che aveva di ricambiare quella sensibilità e amorevolezza che erano caratteristiche di Esterina.
Lucia continuò.
«Ho cavalcato l'onda di quei romanzi e mi sono messa alla ricerca di quell'amore anche se, per quanto mi sforzassi, intorno a me si respirava solo indifferenza, rancore e orgoglio. Mio padre e mia madre non erano di certo un esempio di amore, molto più attenti all'etichetta, alle buone maniere, che a dimostrare il proprio reciproco affetto. Ho sempre pensato che, in fondo, mio padre e mia madre non si fossero mai amati o che, forse, il loro rapporto si fosse appiattito al punto che avevano deciso di percorrere due binari paralleli, che non si sarebbero mai più incrociati. Mio padre è morto di infarto quando avevo 19 anni e, per uno strano scherzo del destino, mia madre è venuta a mancare due mesi dopo. Ho pregato e prego ancora, nella speranza che, almeno nell'aldilà, abbiano potuto riconciliarsi nel reciproco amore».
«Lucia, mi dispiace molto per i tuoi genitori, avrai sofferto molto per la loro perdita prematura».
«Si Esterina, ho sofferto molto per quell'abbandono improvviso, mi sono sentita sola. A loro modo, mi sono stati vicini e mi hanno stimolata a fare sempre meglio. Avrei

voluto potermi confidare con mia madre ed avere qualche abbraccio in più da mio padre. Sai Esterina, ho capito che i miei genitori avevano un modo particolare di concepire l'amore: lo percepivano come una minaccia, come una debolezza, e quindi cercavano di minare ogni mio entusiasmo verso qualcosa o qualcuno che non rientrasse nei loro progetti. Non so come spiegartelo, ma è come se volessero proteggermi da me stessa», Lucia si fermò qualche secondo, fece un lungo sospiro, alzò lo sguardo e continuò, «dopo tutto, forse, un po' di ragione c'era nelle loro posizioni. L'amore, quando si presenta, ti risucchia come un vortice, ma quando ti abbandona, di quella tempesta, restano solo le macerie e la sensazione di angoscia può accompagnarti anche per l'eternità.

Adesso sono stanca di lottare con i demoni del passato, credo che per un po' dovrò ritirarmi nella solitudine della mia cella e trovare nella preghiera le risposte a questo mio dolore».

Esterina si alzò dalla sedia e si incamminò verso la piccola finestra che dava sul cortile, seguita dallo sguardo di Lucia. Aprì l'anta e fu raggiunta dalla leggera brezza pomeridiana; chiuse per un attimo gli occhi e, quando li riaprì, vide in lontananza il campanile della Basilica e, a sovrastarlo, l'imponenza del Vesuvio.

«Davvero non capisco», disse Esterina voltandosi di scatto in direzione di Lucia, «vivi nell'amore e nella pace del Signore. Ti dedichi agli altri come mai ho visto fare ad altre persone. Hai un'energia unica, in particolare quando sei a contatto con i ragazzi della scuola. Io ti ascolto quando gli parli e li stimoli a coltivare la bellezza della vita ed a scegliere secondo la moralità che Dio ha seminato in tutti noi. Spiegami il perché di tanta tristezza, cosa è successo di così spiacevole nella tua vita da metterti così tanto in discussione?» Esterina si incamminò verso la sedia e con energia strinse le mani sullo schienale continuando, «non puoi permettere a te stessa di perdere la bussola che indirizza il tuo cammino, molte persone in questo convento hanno bisogno di riavere Suor Lucia, i suoi buoni consigli, la sua dedizione verso i più deboli. Quei ragazzi della scuola non potrebbero avere esempio migliore, sei importante per loro, come lo sei per me e non accetto che tu rinchiuda tutto questo in una cella».

Esterina non voleva accettare la resa di Lucia, la vita le aveva insegnato che di fronte alle avversità bisognava lottare fino alla fine e che i rimpianti non sono altro che un limite, un peso che opprime la gioia di apprezzare il miracolo della vita e di come questa può migliorare con l'aiuto delle buone azioni umane.

«Cristo non ci ha volute nella sua vita con il solo scopo di ritrovarlo nella preghiera», continuò Esterina, «ma per essere noi stesse l'esempio vivente di quanto il nostro amore possa salvare una vita, di quanto le nostre azioni possano dare una speranza».

Lucia, a quel monito, reagì con un pianto sommesso. Esterina aveva, come sempre, toccato le corde dell'anima che, come un boato sordo, avevano fatto vacillare i piani nei quali trovavano spazio i sentimenti di Lucia; il suo era un pianto di liberazione che avrebbe tracciato un legame indelebile con Esterina e le avrebbe dato la forza di continuare nel suo racconto. La consorella, vedendo Lucia piangere, si rimise seduta sulla sedia e cercò, delicatamente, di spostarle le mani dal viso.

«Grazie Esterina», disse Lucia, «apprezzo molto quello che stai facendo per me e la stima che nutri nei miei riguardi.» Lucia, rialzò lo sguardo verso Esterina e continuò, «prima mi hai chiesto se ho sofferto per la perdita dei miei genitori. Si, ho sofferto, ma una parte di me ha cominciato a respirare. Non saprei come poterlo spiegare meglio, ma quando sono venuti a mancare ho avvertito come un vuoto poi, dopo un po' di tempo, quella sensazione è svanita del tutto, lasciando spazio ad un'energia nuova. È stato come aver preso possesso della mia vita e, da quel momento, poter essere me stessa senza condizionamenti. Purtroppo per me, quel momento è durato molto poco. Alla morte dei miei genitori, fui affidata alle cure della sorella di mia madre. Un vero incubo Esterina: le mie cugine cercavano in ogni modo di mettermi i bastoni tra le ruote ed ero succube delle loro vessazioni, così come di quelle della madre. Fortunatamente, zio Oreste era di tutt'altra pasta, un uomo buono e generoso, dotato di una raffinata intelligenza. Al suo rientro dal lavoro, trascorrevamo diverse ore a conversare dei più svariati argomenti. Per me era una liberazione vederlo varcare la porta di casa; forse erano proprio queste sue attenzioni a far contrariare mia zia e le mie cugine».

Lucia, continuò il suo discorso ma, questa volta, con un vigore ed un trasporto del tutto lontani dall'angoscia che la tormentava, «fu proprio in quel periodo che conobbi il mio primo amore. Era bello, pieno di gioia di vivere e sempre pronto ad ascoltarmi. Lo vedevo ogni volta che potevo ed aveva sempre una parola di conforto per ogni situazione. Eravamo così giovani ed ingenui, tutto era perfetto, ero certa di aver trovato la mia anima gemella e con essa la mia serenità».

Ad Esterina non sfuggì la luce che si era irradiata sul viso di Lucia mentre raccontava quella storia. Tutta l'angoscia di qualche minuto prima era, d'un tratto, completamente svanita ed aveva lasciato spazio ad una luce che si intensificava man mano che il racconto proseguiva. Esterina ebbe la netta sensazione che quella che aveva di fronte non fosse più la sorella che le aveva aperto la porta del suo cuore, ma una donna con le sue fragilità, che non aveva ancora chiuso del tutto i conti con il suo passato.

D'improvviso, si udirono due colpi battere alla porta della cella e si udì la voce di suor Elsa che chiese di entrare. Appena varcato l'ingresso, disse, «Lucia, come ti senti?».

«Adesso molto meglio, grazie Elsa».

«Non c'è nulla da ringraziare, sono molto felice che tu ti senta meglio e sarà così anche per le altre sorelle appena sapranno». Elsa accennò un leggero sorriso e continuò, «vi volevo avvisare che la cena è pronta, ma se preferite posso portarvi qualcosa da mangiare qui».

Esterina e Lucia ringraziarono per la disponibilità, ma preferirono accettare l'invito e raggiungere le sorelle nel refettorio. Prima di congedarsi, suor Elsa si rivolse verso Esterina, «ah…. Esterina, hanno identificato quell'uomo trovato morto negli scavi, si chiamava Massimo Doni ed è stato anche confermato che si è trattato di un omicidio. È davvero straziante quello che è accaduto. Con le altre sorelle abbiamo deciso di dedicare al defunto un momento di preghiera dopo la cena.»

Ecco che ritornava quel suono delle campane, troppo forte da sopportare, troppo intenso da poter gestire. Il cuore di Lucia si raggelò ed un brivido pervase tutto il suo corpo. Quel nome aveva fatto riaffiorare i suoi più profondi tormenti, avvertì subito un dolore al petto, seguito da un pianto di disperazione, più amaro e difficile da sopportare.

IX

Luca, dopo essersi congedato dal colonnello De Fazio, riprese la strada di ritorno che lo avrebbe portato nel suo piccolo studio universitario. Nel viaggio, aveva sentito Laura che aveva mostrato grande turbamento nell'ascoltare quanto era emerso dalla scena del crimine. Laura non poteva immaginare chi avesse potuto rendersi colpevole di un omicidio così brutale e che tutto si fosse svolto nello stesso giorno della sua visita, a due passi dai luoghi che aveva visitato con i suoi colleghi. Luca promise che, alla conclusione della relazione tecnica richiesta dal colonnello, avrebbero preso il primo volo con destinazione Maldive e che si sarebbero lasciati alle spalle questa spiacevole parentesi.

Nella conversazione con Laura, aveva omesso, consciamente, di raccontare la scena raccapricciante che aveva visto. Voleva, in un certo qual modo, proteggerla dall'angoscia che lo stava tormentando. Laura era dotata di una spiccata sensibilità e mai avrebbe sopportato il racconto puntuale di ciò che Luca aveva visto e sentito in quella sala: il taglio netto alla gola, l'odore acre del sangue e la morte. Non poteva permettere che qualcun altro della sua famiglia fosse contaminato da tutto quel male e, in cuor suo, sperava che, prima o poi, anche lui avrebbe trovato il modo per dimenticare.

Luca arrivò all'Università poco dopo l'orario di pranzo e, con passo veloce, si avviò verso il suo studio, dove ad attenderlo c'era il suo assistente che aveva sentito poco dopo la telefonata di Laura.

Mattia era seduto alla scrivania quando, d'improvviso, sentì qualcuno aprire la porta. Si alzò in piedi di scatto e vide il professor Manfredi varcare la soglia dello studio. Luca posò il suo zaino sulla sedia destinata agli ospiti e, raggiunta la sua postazione, si lasciò cadere sulla sua sedia. Strinse con forza le mani sui braccioli e, con la testa poggiata allo schienale e gli occhi chiusi, tirò un forte sospiro.

Mattia lo guardava fisso, senza sapere se iniziare una conversazione o allontanarsi, nell'attesa che il professore ritrovasse un po' di serenità. Aveva appreso dai notiziari alcuni aggiornamenti sull'omicidio ed il tono con il quale Luca gli aveva chiesto al telefono di non allontanarsi per nessuna ragione dallo studio, non faceva presagire nulla di buono.

Scelse di spostarsi il tempo necessario per un caffè, quando Luca alzò il capo e, guardandolo, disse.

«Mattia, dove pensi di andare? Credevo di essere stato chiaro al telefono, oggi non ci sarà nessuna pausa e se vuoi qualcosa da mangiare chiama una pizzeria o una gastronomia».

Mattia si fermò di colpo, cercò di ricordare a quando risaliva l'ultima volta che il professor Manfredi si fosse rivolto a lui in quel modo. Facendo un salto nel passato, ricordò di essersi imbattuto in quella medesima durezza solo quando era uno studente, ma, da allora, molte cose erano cambiate. Da quando aveva iniziato la sua collaborazione con il professor Manfredi, aveva avuto modo di conoscere più da vicino colui che era stato da sempre il suo modello di riferimento, il suo mentore. Più condividevano quella minuscola stanza, più si associava, al rispetto quasi reverenziale, anche una velata amicizia.

Mattia capì subito che quella reazione era il frutto della tensione che Luca aveva accumulato in quelle ore del mattino. Conosceva così tanto bene il professore che, invece di risentirsi per quanto accaduto, provò un moto di compassione.

«Professore, mi scusi ma pensavo avesse bisogno di riposare un po' prima di rimettersi al lavoro».

Luca, ripresosi da quello stato di agitazione, comprese sin da subito che aveva avuto un atteggiamento poco garbato nei confronti di Mattia e cercò di porvi rimedio.

«Mattia scusami», disse Luca poggiando i gomiti alla scrivania e le mani alle tempie, «è stata una mattinata davvero impegnativa, spero che tu possa comprendere».

«Capisco professore», disse Mattia immobile sull'uscio della porta, «non si preoccupi, deve essere stato davvero difficile per lei».

«Vorrei non aver visto nulla, vorrei ritornare indietro nel tempo e dimenticare tutto, credimi». Luca, mentre parlava con Mattia, di tanto in tanto, si passava le mani tra i capelli, «dobbiamo metterci subito al lavoro, nelle indagini ogni minuto è prezioso e noi, purtroppo, non ne abbiamo molto. Sulla scena del crimine sono stati rinvenuti degli indizi che meritano un nostro approfondimento. La prospettiva è quella di individuare un percorso che porti velocemente gli inquirenti ad identificare l'assassino. Il colonnello confida molto nelle nostre ricerche e, la mia speranza, è quella di potergli dare un valido supporto».

Luca prese il cellulare e lo poggiò sulla scrivania, aprì l'album fotografico ed invitò Mattia ad avvicinarsi per vedere le immagini. Mattia si mise al fianco di Luca e rimase scioccato dalle foto che il professore, pian piano, faceva scorrere sullo schermo.

«Ma è atroce», disse Mattia sconvolto.

«È molto probabile che si tratti di un serial killer e se questo fosse confermato, possiamo solo sperare che non arrivi presto un'altra telefonata del colonnello».

Mattia capì immediatamente l'importanza di identificare velocemente l'assassino e la preoccupazione del professore di non volersi ritrovare nuovamente in un altro omicidio. Non aveva avuto, sino a quel momento, la vera percezione della portata dell'impegno che veniva richiesto al professore ed era altrettanto consapevole che anche lui avrebbe avuto, di conseguenza, un ruolo importante in tutta questa vicenda. Aveva paura, ma mai avrebbe potuto abbandonare Luca in una situazione come quella.

Nelle ore successive, Luca e Mattia si concentrarono a ridisegnare, grazie alle foto scattate da Luca, la scena del crimine. Mattia stampò, su indicazione di Luca, tutte le scene rappresentate nel grande affresco e le attaccò alle pareti della stanza, nella medesima posizione di quella originale, anche se con proporzioni sensibilmente più piccole.

Spostarono le scrivanie, posizionandole quanto più vicine alle pareti, per lasciare libero lo spazio centrale del pavimento.

A Luca toccò ricostruire la sagoma della vittima, facendo attenzione a non sottovalutare nessun dettaglio. Guardava le foto e, nello stesso momento, riaffioravano nella sua mente i ricordi di quella mattina. D'un tratto, mentre era in ginocchio, intento ad attaccare del nastro isolante all'altezza della gola della vittima, ebbe un attimo di esitazione, poggiò entrambe le mani sul pavimento e chinò il capo.

A Mattia non sfuggì quel particolare momento ed evidentemente preoccupato, disse.

«Professore, si sente bene?».

«Grazie Mattia, sto bene. Provo solo tanta rabbia e tanto dolore per quanto è accaduto a quell'uomo. Stiamo parlando di una persona, lo capisci?».

«Si professore, lo capisco. Immagino non sia stato facile per lei».

«No, non è stato per niente facile. Adesso dobbiamo solo cercare di non distrarci e di andare avanti con le nostre ricerche».

Completata la ricostruzione della sagoma, Luca si alzò e si mise seduto sulla sua scrivania, intento a guardarsi intorno per verificare che tutto fosse stato ricostruito correttamente.

«Professore, anche se di dimensioni così piccole, resta sempre un capolavoro», disse Mattia quando ebbe completato di posizionare l'affresco alla parete, «pensare che è stato realizzato più di 1900 anni fa».

«Si è un'opera di notevole pregio artistico», commentò Luca «da stamattina mi sto chiedendo se l'assassino abbia scelto questo luogo per qualche motivo particolare o sia accaduto

tutto casualmente, e se la vittima si trovava lì solo per una visita».
«Il colonnello non le ha detto nulla al riguardo?».
«Nulla, la scientifica stava raccogliendo tutte le tracce e, a breve, dovrebbero completare il loro rapporto».
Mattia si guardò intorno, intento ad individuare qualche dettaglio utile alle ricerche. Il suo sguardo di soffermò sul foglio che il professore aveva lasciato in prossimità della sagoma del cadavere e sul quale, Luca, aveva disegnato un quadrato magico con delle cifre.
«Professore», disse Mattia portandosi in prossimità della sagoma ed indicando il disegno, «questo quadrato magico ha qualcosa di insolito. La somma delle righe e delle colonne non dà come risultato sempre lo stesso numero, come accade di solito. Qui invece il risultato è una sequenza di numeri 4 – 13 – 21 – 30».
Altre volte era accaduto che Luca e Mattia arrivassero alle medesime conclusioni. Avevano un approccio molto diverso nell'esaminare i reperti, Luca era più riflessivo e consapevole del suo bagaglio culturale, mentre Mattia era molto più schematico e razionale, il che era dovuto, perlopiù, alla sua grande dimestichezza nell'uso delle nuove tecnologie.
«Ho notato anche io questa particolarità», disse Luca avvicinandosi a Mattia, «non riesco ancora a capire a cosa faccia riferimento questa sequenza di numeri. A prima vista sembra siano riconducibili a versetti della Bibbia, ma manca il riferimento al libro o all'autore, così diventa difficile effettuare qualsiasi tipo di ricerca».

Luca cominciò a camminare per la stanza e si fermò vicino alla sagoma della vittima, in prossimità del braccio che indicava l'Atterrita; la guardò con molta attenzione e riprese la conversazione con Mattia, «perché l'assassino ha volutamente posizionato il braccio ad indicare l'Atterrita? Ci sarà forse qualche collegamento con il quadrato magico o con gli altri indizi», si voltò verso Mattia, portando la mano destra sulla sua tempia, «cerchiamo di fare un po' di ordine nelle idee. La vittima aveva la manica sinistra della camicia risvoltata, così come era risvoltato il pantalone della gamba destra e, lontano dal polso, sul pavimento, è stato trovato un orologio».

Luca riprese a camminare nella stanza, mentre continuava a parlare con Mattia.

«Tutte queste cose mi fanno venire in mente il rituale di iniziazione massonica dell'apprendista, nel quale, all'adepto, vengono fatti consegnare tutti i gioielli ed i soldi, simboli del potere materiale e delle tentazioni terrene. Successivamente, viene bendato e condotto al tempio con la camicia aperta, il pantalone della gamba destra risvoltato fin su al ginocchio ed un cappio al collo».

Mattia seguiva con lo sguardo Luca, in silenzio, nell'attesa che concludesse le sue supposizioni.

«Mattia», riprese Luca, «ecco perché l'assassino ha slacciato l'orologio che era al polso della vittima e lo ha riposto nelle sue vicinanze.»

Mattia, come illuminato, fece uno scatto fulmineo verso l'affresco, indicò l'immagine dell'atterrita e disse.

«Professore, e se ci fosse un collegamento con l'iniziazione della giovane donna del dipinto? Forse le trame dei soggetti si intrecciano. Da un lato la religione, con il richiamo alla Bibbia, dall'altro, un rituale profano di iniziazione femminile ed al centro la massoneria, perfetta congiunzione tra gli antichi rituali ed il culto di Dio».

Luca restò stupito dall'intuizione di Mattia e, d'un tratto, tutto sembrò avere un senso logico. Si avviò verso la scrivania, prese un taccuino nero Moleskine, una penna, e cominciò a prendere appunti.

«Certo che sei come il buon vino, gli anni che passano ti rendono sempre migliore», disse Luca rivolgendosi a Mattia, «bravo, ricordati, però, che il vino per essere buono, ha bisogno di un bravo enologo e tu sai di chi sto parlando».

Luca sorrise e Mattia ricambiò il sorriso; la pressione di quelle ore stava mettendo a dura prova i nervi di entrambi e quel momento servì per stemperare un po' la tensione. Dopo qualche minuto, Luca riprese la parola.

«Se questo gioco di intrecci che hai descritto è corretto, ci tocca trovare una soluzione al quadrato magico».

Luca stava riportando sul taccuino le prime conclusioni delle ricerche quando, d'un tratto, poggiò sulla scrivania la penna, alzò il viso in direzione dell'affresco e continuò con maggior enfasi, «forse ci sono Mattia. Dobbiamo individuare nella Bibbia i passi nei quali vengono descritti rituali di iniziazione agli antichi misteri, sperando che coincidano con le cifre del quadrato. Spero che sia la strada giusta. Fai presto, mettiti subito al lavoro».

Mattia si avviò verso la sua scrivania, prese la sedia, accese il computer, girò lo schermo nella sua direzione e cominciò a digitare lettere con una velocità impressionante. Luca riprese a prendere appunti quando udì lo squillo del suo telefonino. Aprì la tasca anteriore dello zaino, dove aveva riposto il cellulare, e vide sullo schermo il numero del colonnello De Fazio.

X

Per un istante la vista di Luca si annebbiò e fu preso da una sensazione di timore. Non c'era più niente e nessuno in quella stanza, avvertiva solo un suono che sembrava provenire direttamente dall' interno e che viaggiava alle medesime frequenze del suo cuore. Si guardò intorno e, in quello stato di immobilità, vide Mattia che lo esortava a rispondere al cellulare. Luca era terrorizzato dalla possibilità che il Colonnello lo stesse per informare di un nuovo omicidio ma, allo stesso tempo, avvertiva un crescente senso di responsabilità per l'esito delle indagini e sapeva che, per trovare le risposte che cercava, doveva fare affidamento solo su se stesso e sulla sua lucidità mentale. Rispose e attivò il viva voce del telefono, in modo che Mattia potesse sentire gli ultimi aggiornamenti.
«Colonnello, buonasera. Ci sono novità?».
«Buonasera a lei Professore, mi chiedevo piuttosto se lei avesse trovato qualcosa di interessante ed utile alle indagini.»
Luca si guardò intorno prima di rispondere.
«Le prime indicazioni mi portano a pensare che la scelta del luogo dell'omicidio non sia casuale e che ci sia qualche collegamento con il rituale di iniziazione presente nella sala del Grande Affresco, ma per il momento sono solo delle congetture».

«Bene Professore, appena avrà completato la sua ricerca, mi invii le risultanze al più presto».

«Certo Colonnello».

Ci fu un attimo di silenzio e Luca continuò la conversazione.

«Mi scusi Colonnello, ma mi chiedevo se ci fossero avanzamenti nelle indagini. Capirà che qualsiasi dettaglio potrebbe essere utile alle mie ricerche».

«La Scientifica ha rilevato sul corpo del defunto la presenza di materiale biologico. I reperti sono stati portati in laboratorio per le verifiche del caso, ma dalle prime indiscrezioni non sembrerebbero appartenere alla vittima. Abbiamo avviato uno screening del DNA su tutti i visitatori del parco per verificare eventuali corrispondenze».

Il colonnello, meticolosamente, continuò a descrivere gli ultimi aggiornamenti delle indagini.

«Il medico legale ci ha comunicato che il decesso è avvenuto tra le 17.30 e le 20.00 e che la morte è sopraggiunta per dissanguamento, dovuto alla ferita presente sul collo. A questo punto, si può affermare che l'omicidio sia avvenuto solo dopo la chiusura del parco archeologico. Abbiamo recuperato le registrazioni delle telecamere ma, al momento, non sono state riscontrate presenze di persone in quell'arco temporale».

Ci fu un attimo di esitazione e si avvertirono delle voci. Il colonnello parve molto infastidito dall'interruzione di un suo collaboratore che chiedeva informazioni riguardo ad un incidente.

«Chiedo scusa per l'interruzione».

«Nessun problema Colonnello», Luca continuò, «ma come ha fatto l'assassino ad eludere i sistemi di sicurezza del parco?».

«Professore dobbiamo fare i conti con la notevole estensione del parco: nessun sistema di sicurezza potrebbe garantire, in queste condizioni, la giusta efficacia. In questo momento, i miei uomini stanno lavorando per recuperare anche le registrazioni delle telecamere delle attività commerciali presenti sul perimetro del parco, nella speranza di trovare qualche ulteriore indizio utile ad individuare l'assassino».

«Capisco colonnello», commentò Luca dispiaciuto per i miseri sviluppi, «la ringrazio molto per le informazioni e la terrò aggiornato sull'avanzamento delle mie ricerche».

Luca interruppe la telefonata e poggiò il cellulare sulla scrivania. Mattia si accorse immediatamente che c'era qualcosa che impensieriva Luca, ma non riusciva a capirne il motivo.

«Professore, non mi pare che il colonnello le abbia detto molto di più di quanto non sapesse già».

Luca si alzò dalla sedia e si incamminò nella stanza.

«Mattia, tra i visitatori del parco ieri c'era anche Laura. Sono molto preoccupato per lei. Già ha dovuto sopportare il mio stato d'animo e adesso deve presentarsi non so dove per essere sottoposta a queste verifiche. Devo chiamarla e avvertirla, non vorrei che nel rispondere alla telefonata dei carabinieri le venisse un colpo pensando al mio coinvolgimento».

«La chiami adesso professore e la tranquillizzi. Vedrà che passerà tutto molto in fretta».

«Lo spero tanto Mattia. Adesso la raggiungo, così potrò spiegarle bene. Tu, nel frattempo, fai quelle ricerche che ti ho chiesto. Dobbiamo scoprire il collegamento che c'è tra l'iniziazione rappresentata sull'affresco e la sequenza dei numeri del quadrato magico».

XI

Nella sua cella Suor Lucia era rimasta sola. Aveva lasciato andare Esterina, ringraziandola per averle dato sostegno e conforto. "Vorrei restare sola e riposare", così aveva detto prima che Esterina uscisse dalla porta della cella, ma Lucia voleva solo sfuggire da tutto e da tutti. Prese il rosario e lo portò al cuore, spingendo con tutta l'energia che le era rimasta. Era seduta sul letto, con la testa chinata e piangeva, singhiozzava; non aveva mai provato in vita sua tanto dolore. Avrebbe voluto urlare, liberarsi di quel peso insopportabile, ma il silenzio del convento era come una zavorra che le impediva di liberarsi completamente dagli abiti che indossava. Si alzò dal letto con ancora il rosario tra le mani, si avvicinò alla finestra e vide la luna che arricchiva di luce quel meraviglioso panorama. Il cielo era di un blu cobalto intenso e il Vesuvio sembrava, in quell'apoteosi di colori e di luce, una donna distesa su un fianco. Lucia tirò un sospiro e, per un istante, chiuse gli occhi. Avvertì ogni singolo profumo trascinato dal vento, ma uno in particolare la riportò nel passato. Ricordava perfettamente quell'aroma che anticipava, impetuoso, l'arrivo di "Bubu", così amava chiamarlo, in contrapposizione a "Bibì" come, invece, veniva chiamata lei. Quel giorno lo ricordava benissimo e cominciò a ritornare vivido nella sua mente.

«Bibi, andiamo a bere qualcosa?»
«Continui a chiamarmi così, non capisco proprio dove l'hai preso questo nomignolo».
«Cosa c'è di male? Non ti piace?».
«Non è questo, ma mi imbarazza un po'. E sei io ti chiamassi, non lo so! Ah... ecco.... Bubu! come la prenderesti?».
«Non chiamarmi mai così in pubblico. Giuro che mi arrabbio».
«Ecco, lo vedi? Perché poi io dovrei sopportare il tuo Bibi?».
«Ok, allora niente nomignoli, sei d'accordo?».
«Certo che sono d'accordo».

Attraversarono in silenzio piazza del Gesù, percorsero interamente via Benedetto Croce, per arrivare a via San Biagio dei Librai. La strada era animata dai negozianti che si adoperavano a chiudere le proprie botteghe. Rimasero, quasi per l'intero tragitto, in silenzio evitando di guardarsi. Si fermarono all'altezza della chiesa dei santi Filippo e Giacomo ed ammirarono le imponenti statue incastonate nelle due nicchie laterali della facciata principale che raffigurano i due santi, protettori di chi praticava l'arte di lavorare la seta. Guardarono quella facciata come se volessero trovare delle risposte nella potenza evocativa emanata da quelle meravigliose opere del Sammartino. I due amanti erano visibilmente imbarazzati quando i loro sguardi, d'un tratto, si incrociarono.

«Lucia, scusami per prima, forse sono stato troppo impulsivo e non era mia intenzione essere sgarbato. Sarà lo sguardo severo dei santi o questo strano silenzio, abituato come sono alla tua continua parlantina, ma vorrei confessarti che a me, quello strano nomignolo, Bubu, piace molto e vorrei che tu, da oggi in poi, mi chiamassi così.»

«Anche in pubblico?».
Un attimo di silenzio, Pietro digrignò i denti e rispose. «Sì, affare fatto, puoi chiamarmi così anche in pubblico».
«Allora anche io ti devo confessare una cosa. Quel nomignolo, Bibì, non è niente male. Ti do il permesso di utilizzarlo più spesso».
Scoppiarono a ridere, lui la prese tra le braccia e la strinse forte verso il suo petto.
«Bibì, come farei senza di te?».
«Vediamo. Rideresti sicuramente di meno, saresti tormentato dalle malattie, ma, in un certo senso, potresti recuperare un po' della tua dignità di uomo, non sentendoti chiamare più Bubu in pubblico».
In quell'intenso abbraccio, i loro corpi si muovevano all'unisono, come se stessero danzando. Le risate arricchivano di gioia lo spazio circostante che, come per magia, si era trasformato nel loro intimo palcoscenico. Poi Pietro si fermò.
«Potrei perdere la mia dignità di uomo, ma mai potrei vivere senza il tuo amore».
Quell'abbraccio divenne infinito, così come erano infiniti i loro baci.
Quella storia non fu solo portatrice di gioia e di amore, ma, ben presto, dovettero fare i conti con una notizia che avrebbe stravolto per sempre la loro giovane vita. Lucia rimase incinta di due gemelli. Nei mesi che anticiparono il parto, fece di tutto per evitare che la zia e le cugine venissero a conoscenza della sua gravidanza, le provò tutte e, alla fine, riuscì nel suo intento. A tutto questo, si aggiunse la chiamata al servizio di leva di Pietro che non fece altro che scombussolare, ancor di più, ogni buon proposito di vedere realizzato il loro sogno

d'amore. Per un po' la loro frequentazione si limitò a qualche ora settimanale, per non dare spazio alle dicerie di paese, che non avrebbero fatto altro che peggiorare la situazione, con il rischio di non riuscire a proteggere il loro segreto. Qualche giorno prima del parto, infine, decisero di vedersi nei pressi del Palazzo degli Spiriti a Marechiaro, così chiamato per le leggende che narravano di alcuni barcaioli che, in alcune loro uscite notturne, avevano visto una figura luminosa suonare la cetra, proprio all'interno del palazzo. Scelsero quel luogo isolato per evitare che occhi e orecchie indiscrete potessero ascoltare i loro discorsi.

«Margherita, sono sconvolto, come faremo a mantenere i nostri figli. Non ho un lavoro, abbiamo nascosto a tutti i nostri familiari la notizia e tra qualche mese dovrò partire per il servizio militare. Dannazione!».

«Ho paura, non voglio restare sola un'altra volta, aiutami ti prego».

Si presero per mano e camminarono lungo la costa che portava alla Villa degli Spiriti, Lucia continuò *«Ecco, potrei crescerli io e aspetteremo insieme il tuo ritorno. Che ne pensi, può essere una buona idea?».*

«Ma cosa dirai a tua zia? Lo sai che appena sapranno della notizia ti allontaneranno da casa e tuo zio non potrà fare nulla per impedirlo».

«Quella maledetta! La pagherà per tutto il dolore che mi ha provocato e che mi provoca tutt'ora, ci sarà una giustizia divina ad assistere noi e i nostri figli».

«Ne sono certo Margherita, ma non so proprio come questa giustizia possa soccorrerci nei prossimi giorni, mesi, anni. Dobbiamo scegliere cosa sia meglio per i nostri figli e dobbiamo farlo oggi».

Si fermarono, si guardarono, tenendosi mano nella mano, e lui disse.

«Amore, non sopporterei di non saperti al sicuro, ti amo troppo per permetterlo. Dobbiamo pensare al futuro dei nostri figli, farli crescere nell'amore di Dio e tra le braccia di persone che possono dargli amore ed un'educazione. Potremmo affidarli alle monache, che ne pensi? Loro si prenderanno cura dei nostri figli e sono certo che non gli mancherà l'amore di cui hanno bisogno».

Lucia era visibilmente sconvolta al pensiero di dover abbandonare i suoi figli, era segnata in volto dalle lacrime che da giorni scalfivano il suo viso.

«Mi sento così male, ma forse hai ragione. Quell'arpia di mia zia troverebbe qualsiasi scusa pur di vedermi fuori dalla sua casa e in questo modo non metterei a rischio solo la mia stabilità, ma anche quella dei nostri figli».

«E' il mio stesso pensiero: è giusto cercare di garantire loro un futuro migliore di quello che potremmo offrirgli noi, sono certo che un giorno tutto ritornerà alla normalità e noi potremmo amarci senza condizionamenti. Vieni qui e abbracciami».

Quella scelta avrebbe segnato per sempre la loro esistenza e quella dei loro figli, non sapevano ancora che avrebbero dovuto fare i conti con i sensi di colpa che, a differenza delle ferite esteriori, con il tempo, avrebbero rosicchiato le loro anime, nel profondo, lasciando cicatrici indelebili.

Di lì a qualche giorno, Lucia partorì un maschietto ed una femminuccia. Decisero di portarli alla Basilica dell'Annunziata dove, un tempo, era attiva la ruota degli esposti. In quel posto, pensavano, i bambini avrebbero potuto beneficiare di tutte le cure necessarie nell'ospedale della Basilica e delle attenzioni delle monache dell'annesso Convento. Quando, però, lasciarono i due bambini alle fanciulle di guardia, capirono, in quel muto silenzio ed alla penombra della notte che, in quella vita, non ci sarebbe stato più un luogo giusto per vivere il loro amore. Troppo era il dolore, troppi i sensi di colpa, troppo difficile sarebbe stato il confronto con il loro peccato. E così, quella stessa sera, si disgregarono tutti i loro sogni d'amore e le loro strade si divisero per sempre.

XII

Luca e Laura si diedero appuntamento al Barrio Botanico, un caratteristico cocktail bar situato nella corte di palazzo Fondi, in via Medina. Amavano molto intrattenersi, durante le loro pause, in quell'ambiente che ricreava la pace di un vero e proprio orto botanico, con alberi che spuntavano dal centro di alcuni tavolini finemente apparecchiati. Il resto è lasciato al fascino della corte e alle scale di accesso ai piani superiori, opera del Vanvitelli, sulle quali sono state poggiate delle opere contemporanee che ripropongono la scritta "amore".
Di sera, la corte è illuminata da catene luminose, installate al di sotto delle finestre del primo piano, che creano un'atmosfera magica. In quella moltitudine di colori, luci ed ombre, Laura era seduta ad uno dei tavolini, nell'attesa che arrivasse Luca. Aveva i capelli raccolti al centro della testa, un abito chemisier di color cuoio, legato in vita da una cintura della stessa tonalità ed un cappotto nero aperto sul petto che lasciava intravedere diverse collane che ornavano il suo collo. Per tutto il giorno non aveva fatto altro che pensare a Luca e al suo coinvolgimento in quell'assurdo omicidio. Non poteva immaginare quale fosse lo stato d'animo di lui e quella sensazione di impotenza appesantiva ancor di più il suo stato di inquietudine. Il caso aveva voluto che anche lei si trovasse nel parco archeologico, lo stesso giorno dell'omicidio. Non

poteva credere che, a pochi passi da lei, qualcuno avesse commesso un efferato omicidio ed una giovane vita fosse stata spezzata.

Quella corte le ricordava il posto in cui era vissuta da piccola, tutte quelle piante ed il profumo che emanavano, facevano riaffiorare in lei i ricordi di quel tempo, intriso di spensieratezza, di gioia, ma anche di molte attese e dolori.

Dopo dieci minuti dal suo arrivo, Laura vide Luca varcare l'ingresso del bar. Lui salutò quello che doveva essere un suo studente, vista l'età, e si avviò verso di lei. Aveva un portamento fiero e sicuro che poteva essere confuso con la presunzione che, in alcuni casi, si accomunava alla figura del docente universitario. Lui, però, non era così: era la persona più generosa che lei avesse conosciuto ed era sempre stato molto galante e premuroso.

In tutti quegli anni vissuti insieme, non lo aveva mai visto senza giacca anche se, per quanto lei le adorasse, lui non amava molto le cravatte, che era solito indossare solo nelle occasioni dove veniva richiesta una mise più formale.

Arrivò al tavolino, si chinò per darle un bacio sulle labbra e si sedette alla destra di Laura.

«E' molto che aspetti?».

«No, sono qui da dieci minuti circa».

«Ordiniamo qualcosa da mangiare?», chiese Luca sedendosi; allungò le due braccia e prese la mano destra di Laura tra le sue e continuò, «come ti senti?».

«Come vuoi che mi senta» rispose Laura sospirando, «sono confusa e spaventata da quello che ti sta accadendo. Non ho voluto insistere chiamandoti, per non distrarti dal lavoro, ma non è facile per me saperti coinvolto in questa vicenda».

«Capisco perfettamente, forse sono stato anche io un po' sfuggente, ma tra la visita agli scavi e il lavoro dello studio, mi sono sentito risucchiato ed in dovere di fare qualcosa per trovare questo bastardo».

Mentre continuavano la conversazione, si avvicinò al tavolo una cameriera che prese l'ordinazione e si avviò, poi, verso il bancone per consegnare la comanda. Ritornò con due calici di vino bianco e qualche piccolo stuzzichino nell'attesa che dalla cucina arrivassero le portate che avevano chiesto. Luca lasciò la mano di Laura, entrambi si appoggiarono allo schienale delle sedie e, presi i calici di vino, fecero un brindisi che, speravano, potesse esorcizzare gli avvenimenti della giornata. Laura dopo aver bevuto un sorso, continuò la conversazione.

«Allora, che novità ci sono detective Manfredi?», disse, cercando di alleggerire la tensione.

Luca accennò un sorriso, «non sono un detective e spero di non doverci più ricapitare in una situazione simile, lo sai che sono pigro e che amo lavori più sedentari», fece una smorfia sarcastica e continuò, «come ti ho detto oggi al telefono, sul luogo del delitto sono stati ritrovati alcuni segni che l'assassino ha lasciato e che, secondo gli inquirenti, potrebbero essere utili alla sua individuazione».

«In realtà sei stato molto vago nelle descrizioni ed ho capito che deve essere stato un momento davvero molto difficile per te. Adesso, però, spiegami bene cosa sono questi segni e perché hanno avuto la brillante idea di chiamarti?».

«Si amore, è così, è stato veramente scioccante quello che ho visto oggi e non sarà facile cancellarlo dalla mente ...», Luca prese il calice, sorseggiò un po' di vino e continuò, «non ci crederai mai, ma il mio nome è stato sottoposto al colonnello dal direttore degli scavi».

Laura era evidentemente sbalordita, «no, non ci posso credere: ma se Roberto, praticamente, ti odia! Farebbe di tutto per impedirti di essere al centro dell'attenzione».

«Forse spera in un mio fallimento», commentò Luca alzando le spalle, «non saprei come spiegarlo in altro modo; d'altronde non so come poter aiutare gli inquirenti. Sai bene che non sono mai riuscito a risolvere quegli stupidi casi di omicidio che si trovano nella settimana enigmistica».

Laura lo guardò con un leggero sorriso per il paragone appena fatto. Luca proseguì, «comunque mi toccherà chiamarlo, prima o poi, per ringraziarlo».

«Anche se è un grande presuntuoso, narcisista ed egocentrico, concordo con te che tu debba chiamarlo. Allora, raccontami di questi segni che hai visto».

Luca spiegò tutto quello che aveva visto nella sala del grande affresco e i risultati delle prime intuizioni discusse con Mattia. Laura ascoltò con notevole stupore il racconto ed evitò, consapevolmente, di fare domande sulla vittima e sulle modalità dell'omicidio, si soffermò, perlopiù, sul racconto delle iniziative intraprese da Luca e Mattia quel pomeriggio. Durante la chiacchierata, i due consumarono il pasto che, nel frattempo, la cameriera aveva portato al loro tavolo. Avevano chiesto altri due calici di vino e Luca volle completare la cena con un Rum Don Papa, accompagnato dal cioccolato

fondente, mentre Laura prese un amaro Montenegro con ghiaccio e limone. Mentre sorseggiavano il loro drink, e Luca, nel frattempo, aveva concluso il suo racconto, Laura rifletté.
«È incredibile questa coincidenza tra rituali di iniziazione, massoneria e religione. Siete stati bravi ad avere questa intuizione e sono contenta che ci sia Mattia a sostenerti», si protese verso Luca, gli prese la mano e continuò, «amore mio, è stata una lunga giornata, chiamiamo un taxi e torniamo a casa. Domani potrai continuare le tue ricerche, ma adesso hai bisogno di rilassarti e riposare un po'».
«Si amore, hai ragione», rispose lui bevendo l'ultimo sorso di rum, «torniamo a casa».
Prima di prendere il telefono e comporre il numero del radio taxi, Luca guardò Laura e disse, «un'ultima cosa: il colonnello, prima che arrivassi qui, mi ha chiamato informandomi che sul corpo della vittima è stato rinvenuto materiale biologico, presumibilmente appartenente alla vittima».
«Sembra una buona notizia», commentò Laura.
«Si, lo è, ma hanno anche disposto il prelievo del DNA di tutte le persone che hanno visitato il parco, il giorno dell'omicidio, per verificare eventuali attinenze con quello rinvenuto sulla vittima. Ho voluto avvisarti per tempo, per non farti preoccupare, quando riceverai la telefonata dei Carabinieri».
Laura, leggermente scossa dalla notizia, non fece trapelare nessun tipo di preoccupazione. Non voleva che Luca si appesantisse più di quanto non lo fosse già. Voleva che questa storia finisse quanto prima e che potessero ritornare alla vita ordinaria. Da quando era rientrata dal viaggio di lavoro, non

avevano potuto godere appieno del loro tempo, così come amavano fare, ed era difficile, in quella circostanza, poter programmare qualcosa di piacevole per i giorni successivi.
Si avviarono verso l'uscita del locale, dove trovarono il taxi ad attenderli. Luca aprì la porta posteriore dell'auto e fece salire Laura, la chiuse ed ebbe come la sensazione che qualcuno lo stesse osservando, si guardò intorno, ma non vide nessuno. Associò questa sua strana inquietudine agli eventi della giornata, aprì l'altro sportello posteriore e salì sull'auto che li avrebbe condotti alla loro abitazione.

XIII

Nella strada opposta al Barrio Botanico, era in un angolo buio, con il volto coperto dal cappuccio della felpa nera, aveva le gambe incrociate e la schiena poggiata all'unica porzione del portico della chiesa di Santa Maria dell'Incoronata che dava sull'omonima via; indossava dei pantaloni, anch'essi di colore nero, con diversi strappi lungo la gamba e delle sneakers bianche, vintage, con una stella a rilievo sui lati esterni della scarpa.
L'oscurità impediva di vedere i suoi lineamenti ed il freddo di quella sera trasformava, il suo ansimante sospiro, in piccole e costanti nuvole di fumo che fuoriuscivano, come una fumarola, dal cappuccio della felpa.
Le mani erano coperte da guanti a mezze dita, di pelle nera che, di tanto in tanto, portava all'altezza della bocca per mordicchiare il già lacerato strato di pelle intorno alle unghie.
In quella porzione della strada, l'illuminazione era assente ed era impossibile vedere quella sagoma nera nell'oscurità di quella stradina. Scrutava con attenzione la scena dei due innamorati che si avviavano verso il taxi; vide l'uomo guardarsi intorno mentre chiudeva lo sportello posteriore dell'auto nella quale, pochi istanti prima, era salita lei.
Avrebbe voluto urlare, farsi notare e costringere la coppia ad obbedire ad ogni sua volontà; vedere l'umiliazione disegnarsi

sul loro sguardo impaurito e costringerli a chiedere perdono, fino a quando non avrebbero esalato l'ultimo respiro. Il suo pensiero era rivolto in particolare a lei, Laura, per la quale nutriva un odio profondo. Disprezzava la sua intelligenza, la falsità d'animo che abilmente mascherava con i suoi modi gentili. Da quando aveva appreso dell'esistenza di Laura, un istinto omicida aveva preso il sopravvento sulle sue azioni; da quel momento aveva un unico scopo che si manifestava, nella sua mente, con immagini ricorrenti: uccidere Laura e vederla agonizzante nel suo stesso sangue.

Pensò a quella sera, quando, con il viso rivolto allo specchio nel bagno di casa e le mani poggiate ai bordi del lavandino, aveva visto la disperazione nei suoi stessi occhi. Le lacrime di rabbia solcavano le sue labbra tremanti, con gli zigomi contratti dalla forza con la quale serrava i denti. Nella sua testa cominciò a prendere forma il suo piano e, mentre si perfezionava nella sua mente, le mani stringevano sempre più forte i bordi del lavandino, quasi a volerli spezzare.

Quella stessa sera aveva preso consapevolezza che la sua morte sarebbe avvenuta nell'indifferenza del mondo e nell'oscurità di qualche luogo remoto.

Vide anche l'uomo salire in taxi, sul lato passeggero opposto a quello di Laura, chiudere la porta e, immediatamente dopo, l'auto si avviò verso Piazza Municipio, facendo perdere le sue tracce, appena girato l'angolo che portava a via Ferdinando Acton.

Seguì con lo sguardo il percorso del taxi e si fermò, per qualche istante, ad ammirare le tre torri a protezione dell'ingresso di Castel Nuovo e il maestoso Palazzo Reale con i suoi giardini.

Chiuse gli occhi all'arrivo di una leggera brezza di vento e si perse, per qualche istante, nella quiete del silenzio di quella stradina buia ed isolata. Riaprì gli occhi, con un lieve slancio si scostò dal muro e, con un ghigno di soddisfazione, si incamminò, lasciandosi alle spalle il Barrio Botanico.

XIV

«Chi chiama a quest'ora?», chiese Laura svegliata di soprassalto dallo squillo del cellulare di Luca.
«Non ne ho la più pallida idea», rispose lui.
Sbadigliando, scostò il piumino e, ancora in posizione supina, allungò la mano e prese il cellulare che aveva riposto sul comodino. Accecato dalla luce del telefono, fece fatica a vedere chi lo stesse chiamando. Appena riuscì a focalizzare il nominativo sul display, si voltò verso Laura e le rispose.
«Tranquilla amore, continua a riposare, è solo quel rompiballe di Mattia».
Staccò il cavo di ricarica del cellulare, si tirò su con le mani, poggiò la schiena sullo schienale del letto e rispose.
«Buongiorno Mattia, ho appena usato parole poco felici nei tuoi riguardi con Laura, mi dici perché diavolo stai chiamando alle ...», allontanò il cellulare dall'orecchio per vedere l'ora e, stupito, continuò, «.... cinque del mattino?!? Spero per te che ci siano delle valide ragioni».
A Mattia dispiaceva molto per aver interrotto il riposo del professore e della sua compagna, ma tale era la voglia di trasferire il risultato delle sue scoperte, che non aveva fatto caso all'orario. Imbarazzato e un po' risentito, rispose balbettando, «pro...professore, mi scusi ma...ma ho preso di istinto il telefono senza vedere l'ora. Mi dispiace averla

svegliata e la prego di scusarmi anche con...con la sua compagna, ma mi creda, penso di aver scoperto qualcosa di molto interessante sul quadrato magico».

«Un attimo solo Mattia», disse Luca dubbioso «c'è qualcosa che mi sfugge. Ieri ci siamo lasciati verso le otto e mezza di sera giusto?».

«Corretto», rispose Mattia.

«Sono le cinque del mattino e mi stai dicendo che hai già trovato una soluzione possibile al quadrato magico?», con voce stupita Luca continuò, «quindi, praticamente, hai lavorato tutta la notte ininterrottamente?».

Mattia aggrottò la fronte e rispose, «si, in effetti, e no, non penso di aver trovato la soluzione del quadrato magico, ma ho fatto qualche passo avanti sulle ricerche che mi ha chiesto».

Ci fu un attimo di silenzio. Mattia, nella sua minuscola camera da letto, aveva gli occhi fissati sullo schermo del computer. Con il mouse portava su e giù la barra di scorrimento del file world sul quale aveva appuntato gli esiti delle sue ricerche, aspettando una reazione del professor Manfredi.

Luca sospirò, «devo ritenermi davvero fortunato. Non poteva capitarmi assistente migliore, bravo Mattia sono molto orgoglioso di te e devo ritrattare sull'affermazione fatta a Laura sul tuo conto. Mi raccomando però, per le prossime volte controlla bene l'orologio prima di importunare chicchessia alle cinque del mattino».

«Grazie professore», disse Mattia risollevato, «stia tranquillo non accadrà più» e rinvigorito dai complimenti continuò, «allora professore, se non le dispiace, le dico quello che sono riuscito ad individuare. Quelle cifre si possono intrecciare con dei passi biblici dell'antico testamento e, con più precisione …».

Luca comprese sin da subito che l'argomento era troppo lungo e delicato da poter essere discusso al telefono, lo interruppe subito e disse, «un attimo, capisco la tua voglia di mettermi al corrente dei risultati, deve essere stato estenuante il tuo lavoro, ma è il caso di approfondire l'argomento direttamente in facoltà. Ci vediamo lì alle 7.30. Approfitta di queste ore per riposarti»

La conversazione si concluse. Luca e Laura rimasero impressionati per l'estrema dedizione di Mattia e per la sua spiccata intelligenza. Approfittarono per stare ancora un po' insieme prima che Luca uscisse di casa e si avviasse verso l'università.

Quando arrivò nel suo piccolo studiolo, Mattia era già lì ad attenderlo. La stanza era ancora tutta in subbuglio, così come l'avevano lasciata il giorno precedente, con le due scrivanie accostate alle pareti; Mattia era seduto sulla sua poltrona da lavoro che, per l'inusuale posizione della scrivania, si trovava a dare le spalle all'ingresso, ed era intento a prendere appunti su un foglio stropicciato, con la testa china sulla scrivania.

Appena sentì entrare il professore, interruppe ogni attività e lo invitò a sedersi per illustrargli i progressi delle sue ricerche. Luca non assecondò l'invito e preferì restare in piedi, muovendosi nella piccola stanza. Guardando la sagoma del cadavere ai suoi piedi, ebbe un moto di sgomento che lo portò a rivivere quei particolari momenti del giorno precedente. Pensò a quanta crudeltà ci fosse al mondo e quanto dolore fosse capace di provocare un uomo sadico, un uomo che si nutre del sangue delle sue vittime, convinto che solo così potrà colmare il vuoto della sua infima esistenza. Per Luca era ben chiaro che al mondo non esisteva sangue a sufficienza che avrebbe potuto colmare quel vuoto, una vittima perfetta capace di saziare la sete del suo carnefice.

In quella corsa contro il tempo, la paura di fallire era ben diversa da quella che accompagnava un accademico come lui; ora un errore poteva essere fatale e Luca era certo che, nella lista delle potenziali vittime, l'assassino avesse inserito anche il suo nome.

«Professore, tutto bene?», chiese Mattia vedendolo immobile al centro della stanza.

Luca si voltò di scatto e rispose, «sì, si, tutto bene. Procedi pure».

Mattia si alzò in piedi, recuperò lo zaino che aveva appoggiato sul mobile basso dello studio e tirò fuori un quadernone a spirale di colore arancione. Prese dei fogli che erano riposti al suo interno, li posizionò sulla sua scrivania e iniziò la sua spiegazione.

«Allora professore, ieri mi ha chiesto di verificare se ci fosse qualche corrispondenza tra le cifre 4-13-21-30 del quadrato magico con dei passi biblici che descrivono, in qualche modo, dei rituali di iniziazione».

«Giusto», intervenne Luca

«E la risposta è no».

«Perfetto Mattia, allora, ricapitoliamo, ci hai svegliati alle cinque di questa mattina per?».

Mattia, con gli occhi fissi, le braccia alzate e i palmi rivolti verso il professore, fece per fermarlo, «solo un attimo. Volevo spiegarle che non sono riuscito a trovare delle corrispondenze precise che descrivessero dei rituali di iniziazione, ma ho individuato alcuni passi biblici che hanno delle similitudini, che raccontano storie di tradimenti, imposizioni e morte».

«Mattia», commentò Luca, «l'antico testamento è pieno di storie che parlano di morte e tradimenti, quale sarebbe questa novità?».

Mattia che era intento a sistemare i fogli sulla scrivania, si voltò verso Luca e rispose, «professore le protagoniste di questi racconti sono tutte donne».

Luca rimase in silenzio, recuperò la sua poltrona, la trascinò verso la scrivania di Mattia e si sedette. Anche il suo assistente fece la stessa cosa e continuò con la descrizione di quello che aveva scoperto, «il numero quattro è molto probabile che si ricolleghi alla storia di Giaele che è descritta nel quarto capitolo del Libro Dei Giudici. Qui viene raccontato che Sisara, generale dei Cananei, per sfuggire dal popolo israelita cercò rifugio in un accampamento ostile al popolo ebraico. Tra tutte le tende, si mise a riparo in quella di Eber, dove trovò sua moglie, Giaele, che lo accolse offrendogli acqua e cagliata, facendogli credere di essere al sicuro, poi, prese un picchetto di legno della tenda e con il martello, lo conficcò nella tempia dell'uomo "fino a quando il legno penetrò il terreno" così recita il testo biblico».

Ci fu un attimo di silenzio prima che Mattia ripartisse con il racconto. Luca approfittò per alzarsi, aprire il suo zaino e recuperare il taccuino sul quale cominciò a prendere appunti, una volta ritornato a sedersi. Mattia scostò qualche foglio e ricominciò, «il numero tredici, invece, potrebbe essere ricollegato al tredicesimo capitolo del libro che prende il nome dalla sua protagonista, Giuditta.

Oloferne, generale degli Assiri, assediata la città di Betulia, allora territorio israelita, si invaghì della bellezza di Giuditta. Il generale organizzò un banchetto al quale fu invitata anche la donna e questa, vedendolo ubriaco, con la complicità della sua serva, staccò la testa del generale, utilizzando la sua stessa spada».

Mattia prese il terzo foglio, lo poggiò sopra gli altri ed inizio a consultarlo, «il numero ventuno si può ricollegare alla storia di Agar, descritta nel ventunesimo capitolo del libro della Genesi. Si narra che Sara, moglie di Abramo, non riuscisse ad avere figli e, affinché la dinastia potesse progredire, acconsentì l'unione tra Abramo e la sua schiava Agar. Da questa unione nacque Ismaele. Grazie all'intervento di Dio, poi, Sara superò la sua sterilità e partorì un figlio, che chiamarono Isacco. Negli anni successivi, la gelosia di Sara, verso Agar e suo figlio, fu tale da convincere Abramo ad allontanarli per sempre dalla loro casa. I due vagarono nel deserto per molti anni prima di ricevere la ricompensa di Dio per quell'ingiustizia ricevuta. Il quarto ed ultimo numero, il trenta, potrebbe essere collegato alla storia di Lia, figlia di Labano, raccontata nel trentesimo capitolo della Genesi. Per comprenderlo meglio bisogna fare qualche piccolo passaggio nel capitolo precedente. Giacobbe si invaghì di Rachele, che era la secondogenita di Labano ed era bella ed avvenente, a differenza della primogenita Lia che, nel racconto biblico, viene descritta come una donna dagli occhi smorti. Labano promise a Giacobbe di dargli in sposa Rachele, a patto che Giacobbe restasse per sette anni a servirlo. Trascorsi questi anni, Giacobbe chiese a Labano di onorare la promessa fatta, ma questi, con l'inganno, obbligò la sua primogenita Lia, e non già Rachele, ad unirsi a Giacobbe. Egli, insoddisfatto, dovette trascorrere altri sette anni di servitù, affinché Labano gli concedesse Rachele e così accadde. La storia che segue è molto simile a quella di Agar, fatta di gelosie e imposizioni. Rachele, così come Sara, era sterile e non poté avere figli prima che Dio le concedesse la grazia della gravidanza e, gelosa della fertilità della sorella Lia, obbligò il marito ad unirsi alla sua schiava».

Per un po' nella stanza calò il silenzio. Luca era intento a prendere appunti e Mattia, approfittò del momento, si alzò dalla poltrona e uscì dalla stanza per andare a recuperare qualche bottiglina d'acqua dal distributore automatico, ubicato nel corridoio centrale dell'istituto. Quando rientrò, Luca era ancora lì a scrivere e a prendere appunti. Mattia riprese posto sulla sua poltrona quando il professore gli disse.

«Mattia, non dobbiamo dimenticare che lo scopo della nostra ricerca è quello di delineare il profilo psicologico dell'assassino, partendo dai segni ritrovati sulla scena del crimine, così da agevolare le indagini del Colonnello De Fazio».

Luca si alzò dalla sua poltrona e cominciò a camminare nella stanza, continuando a parlare con Mattia.

«Nei primi due racconti, le donne si rendono protagoniste di due omicidi molto simili, anche se vengono eseguiti con armi

diverse. Cerchiamo di analizzarli insieme. Nel primo racconto vediamo Giaele che, per uccidere Sisara, utilizza un martello ed un piccone. Ti ricordi quando abbiamo associato la massoneria al modo in cui è stato ritrovato il cadavere?».
Mattia annuì con il capo, mentre Luca continuava a girovagare nella stanza, «il martello è uno dei simboli più importanti della massoneria, in quanto strumento utilizzato dagli scalpellini medievali per levigare la pietra grezza. Pietra che sarebbe servita, poi, alla costruzione del tempio di Dio. Ma quello che più ci interessa è che la massoneria viene vista dai suoi seguaci come un percorso di purificazione interna, che si ottiene solo dopo il superamento di alcune prove che comportano, per l'adepto, situazioni come disagio, paura, privazione, minacce di morte. In particolare, il martello viene associato alle prove che l'adepto deve superare per allontanarsi dai vizi interiori e dalle imperfezioni della sua anima. Anche la spada è un altro simbolo molto caro ai massoni ed assume un doppio significato. Da un lato, è un simbolo di distruzione e, dall'altro, è utile alla costruzione di un mondo migliore che vede, nell'ignoranza, il nemico da annientare. Anche nella Bibbia la spada rappresenta la forza d'animo con la quale distruggere il demonio, è il caso di San Michele Arcangelo che uccide il drago».
Luca si passò la mano tra i capelli, le sue conclusioni erano fuori binario rispetto agli eventi accaduti nella villa dei misteri. Ci fu un attimo di esitazione prima che lui ricominciasse a parlare, «c'è qualcosa che mi sfugge Mattia: letta in questo modo sembra che sia la vittima l'iniziando. Allora mi chiedo quale sia il vero movente che ha armato la mano

dell'assassino. La morte dei massoni è simbolica, prevede sempre una rinascita; qui ci troviamo di fronte a qualcosa di diverso, facciamo i conti con una morte concreta, vera, dove la speranza della rinascita è più religiosa che esoterica».

Luca, confuso, guardò con attenzione l'affresco e, rivolgendosi a Mattia, disse, «e se fosse stata proprio la vittima a chiedere di essere ucciso?».

«Non è da escludere professore», disse Mattia, cercando di aiutare Luca nei suoi ragionamenti.

Luca si avvicinò all'affresco, puntando con il dito la scena del sileno che fa specchiare in un vaso un giovane ragazzo, anch'egli iniziato agli antichi misteri e continuò, «vedi Mattia, anche qui nel rituale di iniziazione riproposto nell'affresco, questo adolescente viene ingannato dal sileno e, con la complicità di un altro giovane, che tiene in mano una maschera, fa specchiare l'iniziando che, per uno strano effetto, invece di vedere la sua immagine riflessa, vede quella della maschera».

«Professore», intervenne Mattia, «questi racconti non potrebbero ricollegarsi all'inganno che l'assassino ha pianificato per adescare la vittima, così come hanno fatto Giaele e Giuditta?».

Luca perplesso e con gli occhi puntati sull'affresco rispose, «non credo Mattia, ci deve essere qualcosa di più profondo che ha spinto l'assassino a lasciare questi segni sulla scena del crimine».

Luca portò le mani sul viso e poi sui capelli. Ricominciò a camminare nella stanza e riprese a parlare, «ti ricordi i

momenti più importanti che segnarono la vita di Artemisia Gentileschi?».
«Certo professore», rispose Mattia incuriosito dalla richiesta di Luca.
«Bene Mattia, allora cosa ricordi della sua vita?».
Mattia si sentì, per un attimo, sotto esame, e rispose, «professore mi sembra di essere ritornato ai tempi di quando ero uno studente», Luca abbozzò un sorriso e Mattia continuò, «comunque, di Artemisia Gentileschi si può dire che sia stata una delle più abili pittrici italiane del 1600. Era figlia di Orazio, anch'egli un pittore, e, nella sua vita, aveva avuto la fortuna di poter ammirare l'opera di grandi artisti, tra i quali il Caravaggio, che era solito frequentare la bottega di suo padre. Da questi prenderà spunto per molte delle sue opere, affascinata, com'era, dalla tecnica pittorica e dalla luce naturale, caratteristica dell'arte di Caravaggio. La Gentileschi visse una vita molto impegnata e caratterizzata da tanti spostamenti come a Roma, Firenze, Venezia, Londra e Napoli ed ebbe l'opportunità di conoscere molti personaggi di spicco di quel tempo: Galileo Galilei, Michelangelo il giovane, Massimo Stanzione, Ribera e molti altri. Ma più di tutto quello che segnò la sua vita e, di conseguenza, la sua arte, fu il suo stupro, commesso da Agostino Tassi, collega del padre, con il quale si era avviata una collaborazione per la decorazione del Casino delle Muse. Agostino approfittò dell'assenza del padre e, con la complicità di una vicina, abusò di Artemisia. Ci fu un processo che, dopo svariati controlli invasivi, ritenuti necessari per verificare l'effettiva violenza

subita e interrogatori sotto tortura, vide finalmente la condanna del Tassi».

Mattia, visibilmente contrariato da tanta brutalità, fece una smorfia di disprezzo e continuò, «mi sento male al solo pensiero di quanto male e quanti abusi abbiano dovuto subire, ed ancora subiscano le donne».

Luca si avvicinò a Mattia, gli poggiò la mano destra sulla spalla sinistra, «hai perfettamente ragione Mattia».

Luca lasciò la spalla di Mattia che riprese da dove aveva lasciato la spiegazione, «come si può facilmente intuire, questa vicenda influenzò molto Artemisia che espresse tutta la sua rabbia nel dipinto», Mattia si ammutolì e, con stupore, restò immobile per qualche istante prima di riprendere parola, «nel dipinto di Giuditta che decapita Oloferne».

Luca invece appariva meno stupito da quella coincidenza e disse, «era proprio questo che volevo sentirti dire. In quel dipinto Artemisia sostituisce sé stessa con il personaggio di Oloferne e, da vittima, diviene l'artefice del delitto. Nella tela possiamo percepire tutta la sete di vendetta per l'offesa subita e Artemisia ha voluto utilizzare questo racconto biblico proprio per la similitudine che ha con i fatti accaduti durante lo stupro. L'aiuto della serva che, così come la vicina di casa, trattiene le mani di Oloferne, mentre Giuditta gli taglia la gola con la spada».

Luca prese la bottiglia d'acqua e bevve ancora qualche sorso, per poi proseguire, «quindi, per quanto Giaele e Giuditta siano le artefici di quegli omicidi, in questa diversa lettura, i fatti vanno visti guardando il punto di vista delle vittime. Sisara e Oloferne sono gli impuri, coloro che devono superare le prove per addivenire alla perfezione e questa è possibile solo con la rinascita a nuova vita che, come per i massoni, deve completarsi con il rituale della morte».

Mattia si alzò dalla poltrona e si avviò verso il professore e disse,

«quindi, per quanto siano state le donne ad uccidere, queste devono essere viste come l'inizianda dell'affresco?».

«Esatto Mattia, è proprio così. Adesso andiamo al movente che ha armato la mano dell'assassino e questo lo troviamo nel racconto di Agar e Lia. Come puoi notare, anche queste due storie si somigliano molto, ma qui vediamo che le protagoniste sono messe alla prova dal tradimento, dall'inganno e dall'ingiustizia. Agar che viene allontanata dalla sua casa e deve affrontare il deserto e Lia che subisce la scelta del padre e diviene oggetto delle gelosie della sorella per la sua fertilità. In entrambi i casi, però, le due protagoniste verranno premiate da Dio e troveranno nella discendenza un posto importante nella storia».

Luca si avvicinò alla scrivania di Mattia e prese i due fogli dove erano riportati gli appunti sulle due donne. Li guardò e disse, «queste donne sono state tradite dalle persone a loro più vicine, quelle nelle quali si ripone la propria stabilità, la propria fiducia».

Alle parole del professore, Mattia fece uno scatto, aprì il suo taccuino e disse, «professore mi scusi, non le ho ancora detto una cosa che credo sia importante. I numeri 4, 13, 21 e 30 sono collegati anche ad un'altra novella, ma questa volta relativa al nuovo testamento. Nel quarto vangelo di Giovanni, al capitolo 13, versetti dal 21 al 30, Cristo indica ai suoi discepoli quello che sarà il suo traditore e lo fa porgendo un boccone del suo pane a Giuda Iscariota».

«Mattia», disse Luca soddisfatto, «possiamo supporre che l'assassino sia una donna che, con la morte, sta prefigurando il suo rito di purificazione. Questo significa che potrebbero esserci altre prove da superare ed altrettanti morti. Questa donna ha subito qualcosa dalle persone a lei più vicine», Luca, per un istante, sembrò assentarsi; molti pensieri tormentavano la sua mente.

Mattia pensò che fosse colpa dello stress accumulato in quelle ore, «professore, tutto bene? C'è qualcos'altro che la impensierisce?».

«In effetti qualcosa c'è», ribatté Luca, «e se l'assassino non avesse agito da solo?».

«E cosa le fa credere che ci sia un complice», chiese Mattia, incuriosito dall'ulteriore supposizione di Luca.

«Il fatto che, ad accogliere l'adepta dell'affresco nella villa, è la matrona di casa che, nel rituale di iniziazione, rappresenta la sacerdotessa che accompagna l'iniziato in tutto il suo percorso, che, nella visione dei massoni, coincide con il maestro venerabile. Anche Giuditta ha avuto bisogno dell'aiuto della sua serva».

Luca, accompagnato dai suoi dubbi, tirò un forte sospiro, abbassò lo sguardo ed attraversò la stanza in direzione della parete sulla quale era stata posizionata una copia dell'affresco; Mattia seguì ogni passo del suo professore con sguardo incuriosito.

Luca si fermò un istante in prossimità della sagoma della vittima e continuò verso l'atterrita. Alzò lo sguardo ed

incrociò quello della donna rappresentata sull'affresco, allungò la mano destra e la poggiò sulla mano sinistra della donna dalla quale si dispiegava il velo che le sovrastava il capo. Cercava disperatamente, nello sguardo di lei, qualche ulteriore dettaglio che gli sfuggiva; ma non trovò nulla, vide solo tanta paura, la stessa che provava lui, la stessa che aveva accompagnato gli attimi che avevano preceduto la morte del povero Massimo Doni. Abbassò gli occhi, li chiuse e inspirò forte prima di riaprirli. Si voltò verso Mattia e disse, «devo informare immediatamente il Colonnello De Fazio».
Mattia prese il cordless e lo passò a Luca.
«No, Mattia, grazie. Credo sia meglio che raggiunga il colonnello in caserma.»

XV

Il peso della menzogna aveva raggiunto limiti insopportabili. Era arrivato il momento della verità e di affrontare a testa alta le sue più grandi paure. Quella maschera aveva trasfigurato la sua vera identità e, per troppi anni, era stata schiava di quel macigno che le impediva di godere dei frutti meravigliosi che la vita le regalava.

Frustrazione e angoscia, questo era quello che aveva raccolto negli anni, mentre gli altri si nutrivano della sua energia vitale, di tutte le azioni d'amore che, ogni giorno, dispensava gratuitamente, con la sola speranza di un perdono. Un perdono che non sarebbe mai potuto arrivare senza il confronto con le sue più intime debolezze.

Doveva varcare il limite della sua vergogna e barattare con il mondo il suo status di donna giusta e pia.

No, non doveva andare in questo modo, aveva mentito per proteggere se stessa ed i suoi figli, non poteva immaginare che sarebbe successo tutto questo. Avrebbe voluto morire lei, piuttosto che vedere suo figlio brutalmente assassinato. La menzogna non aveva sortito l'effetto sperato, suo figlio era morto e adesso, in cuor suo, sperava che quella resa dei conti, con se stessa e la sua famiglia, avrebbe potuto risparmiare almeno la vita di sua figlia. Aveva paura che la morte del figlio non fosse stata casuale, pensava che il demonio avesse trovato terreno fertile nei suoi peccati e armato la mano dell'assassino. Non poteva permettere a se stessa di perpetrare quell'errore e mettere sua figlia nelle mani di quello stesso demonio.

Con la scusa di dover rimpinguare la dispensa del convento, suor Lucia e suor Esterina presero l'autovettura di servizio e si avviarono al parco Wenner, nella vicina Scafati, non molto distante dal convento.

Parcheggiarono l'auto in prossimità di piazza Aldo Moro e si avviarono all'interno della Villa Comunale, lontano da occhi indiscreti.

Il parco era circondato da filari di alberi molto alti e, al centro, si trovava una fontana a forma di mezza luna. Un reticolo di sentieri si perdeva nella flora riservando, ai visitatori, degli angoli di silenzio e pace. Le monache si sedettero su una panchina rivolta verso una piccola fontana in pietra; tutt'intorno c'erano alcune famiglie intente ad indicare ai propri figli gli anfratti nei quali si nascondevano i pesciolini presenti nelle torbide acque che riempivano l'invaso circolare.

«Allora Lucia, dimmi, perché siamo venute qui?».

Lucia, con il viso rivolto al cielo, rassicurata dai bagliori di luce che attraversavano i rami degli alberi, rispose.

«Esterina, prima di tutto volevo ringraziarti. So quanto sia stato difficile per te mentire alla Madre Superiora affinché ci concedesse questa insolita uscita».

Suor Esterina pareva alquanto divertita da quella piccola marachella. In fondo anche lei aveva bisogno di distrarsi dai doveri conventuali. Si voltò verso Lucia e rispose.

«Ti assicuro che non è stato così difficile. Sono convinta che questa chiacchierata, al di fuori delle mura del convento, servirà ad entrambe. Ti confido un segreto», si avvicinò di più a Lucia e con un tono di voce lieve continuò, «non è la prima volta che la dispensa ha bisogno di un intervento inutile».
Lucia capì che la sorella aveva escogitato altre volte un'uscita fuori porta con la medesima scusa e accennò un sorriso, poi fece un profondo respiro e, dopo un breve silenzio, disse.
«Esterina, ascolta, non so come iniziare, ma devo rivelarti una cosa importante che non ti ho detto del mio passato. Tu sei stata così sincera con me ed io non merito tutte le tue attenzioni», portò le mani al viso e pianse. Esterina poggiò la mano sul braccio di Lucia che continuò a parlare, «non è giusto, capisci Esterina? Per tutti questi anni non ho fatto altro che mentire a me stessa e, di conseguenza, ho disobbedito ai miei doveri di sorella. Avrei dovuto cercare conforto nelle tue braccia e, invece, sono stata distante, fredda con tutte voi solo per sfuggire alle mie colpe ed al vostro giudizio».
Lucia abbassò le mani, si voltò verso Esterina e con gli occhi pieni di lacrime disse, «non sono degna della tua amicizia e di quella delle altre sorelle».
Esterina intervenne, «Lucia, non devi essere così dura con te stessa. Tutte noi abbiamo dei segreti che celiamo per evitare di sembrare diverse da quello che vogliamo trasmettere al prossimo. È comprensibile voler offuscare un passato scomodo che ci impedisce di progredire e di diffondere l'amore di Dio nel modo giusto».

Lucia prese le mani di Esterina, le strinse forte, abbassò lo sguardo e disse.

«Non quando quei segreti e le scelte del passato sono state la causa della morte di un figlio. Di mio figlio!».

Lucia lasciò le mani di Esterina, prese il rosario legato al cordone della tunica e lo portò al petto. Piangeva, singhiozzava e stringeva, sempre più forte, il rosario al petto. Esterina sbalordita da quanto aveva appreso, aveva la bocca semi aperta e gli occhi sgranati, incredula per la portata di quella rivelazione. I passanti, incuriositi, guardavano, facendo attenzione a non essere notati dalle monache.

«Lucia, calmati per favore», disse Esterina cercando di alleggerire la tensione, prese un fazzoletto dalla sua borsa nera, lo diede a Lucia che lo prese e lo portò in viso.

«Adesso capisci perché sono stata tutto questo tempo in disparte», disse Lucia asciugandosi le lacrime, «avevo bisogno di allontanarmi nei miei silenzi e pregare per i miei peccati».

«Lucia, non sapevo che prima dei voti avessi contratto un matrimonio e avessi avuto dei figli».

«Non è andata proprio così. Ti ricordi quella persona che era entrata nel mio cuore quando ero in casa di mia zia?».

«Certo, ricordo molto trasporto nel tuo racconto».

Lucia si risollevò con la schiena e rispose.

«Da quella relazione nacquero due gemelli, un maschio ed una femmina».

Lucia condivise con Esterina tutti i dettagli di quella triste storia e la scelta sofferta di abbandonare i propri figli e vestire l'abito monacale. Raccontò anche di quando, qualche anno prima, aveva cercato di mettersi in contatto con i figli. Quelle

ricerche la portarono a scoprire solo dove si trovasse il figlio maschio e pregò che avesse avuto una famiglia adottiva amorevole. La distanza e il timore di non riuscire a reggere al confronto, la fece allontanare dall'idea di presentarsi al figlio. Della figlia, invece, non aveva avuto più alcuna notizia.
Esterina la ascoltò con molto trasporto e con la dolcezza che la contraddistingueva; sapeva scavare nella profondità dell'anima di Lucia che non esitò più a condividere tutto quel peso con l'esile sorella.
Finito il racconto, ci fu qualche minuto di silenzio. Le sorelle si misero all'ascolto del canto degli uccellini che svolazzavano da un ramo all'altro e, di tanto in tanto, si vedeva qualche foglia cadere. Lucia aveva lo sguardo perso e guardava verso l'alto senza un evidente obiettivo. Esterina lasciò che la sorella godesse di un briciolo di pace interiore dopo aver buttato fuori la tristezza ed il dolore che aveva trattenuto per tutti quegli anni. La guardava con una dolcezza inspiegabile che donava al suo viso una luce eterea, era in quei momenti che si percepiva tutta la potenza del dono che aveva reso Esterina la guida spirituale di tutte le sorelle del convento. Ma per lei, Lucia aveva un posto prioritario nel suo cuore, aveva sempre saputo che un giorno anche i luoghi più bui dell'animo della consorella sarebbero venuti alla luce e, così, si sarebbe colmato l'ultimo miglio di un legame unico. Quel giorno era arrivato e da quel momento non ci sarebbero state più barriere alla loro fraterna amicizia. Esterina considerava Lucia una creatura unica, forse anche per quel passato che aveva temprato il suo carattere e l'aveva sottoposta a prove importanti, o forse perché ammirava la sua purezza d'animo,

i suoi modi eleganti e gentili. Mentre continuava a guardarla, le disse.

«Deve essere stato molto difficile per te abbandonare i tuoi figli e perdere, di conseguenza, anche il tuo fidanzato. Ma non mi è chiaro in che modo tutto questo sia riconducibile alla morte di tuo figlio. Da quello che mi hai raccontato la scelta di lasciare i bambini alle cure delle monache della basilica dell'Annunziata è stata fatta con la speranza di dare loro una nuova vita, con la possibilità di ricevere un'educazione e le cure necessarie».

«È vero», rispose Lucia, «ma forse un altro destino avrebbe garantito più protezione a mio figlio. Avrei potuto essere lì con lui, nei suoi momenti difficili e vigilare sulle sue amicizie. Fare quello che faccio con i bambini dell'istituto, insegnargli a leggere, scrivere, a difendersi dalle ingiustizie».

Esterina la interruppe bruscamente e disse «Lucia, sono veramente confusa, spiegami com'è morto tuo figlio».

«Massimo Doni», rispose Lucia amareggiata, «quell'uomo trovato negli scavi archeologici l'altra notte, è lui mio figlio». Lucia deglutì, calò lo sguardo e continuò, «sono stata io ad uccidere mio figlio».

XVI

«Mi scusi, sto cercando il Colonnello De Fazio. Può gentilmente indicarmi la sua stanza?».

Il giovane carabiniere, intento ad abbozzare qualche scarabocchio su un foglio ripiegato, era seduto su una sedia dietro ad un bancone alto; fermò la mano di scatto alla richiesta di Luca, posò la penna in posizione perfettamente parallela al foglio sul quale stava scrivendo e, lentamente, alzò lo sguardo.

Con occhi vuoti e gelidi ed un accento siculo rispose.

«La stanza del colonnello? La può trovare in fondo, ultima porta a sinistra».

Luca ringraziò e si avviò verso la direzione indicata dal carabiniere, ma subito fu richiamata la sua attenzione dal giovane brigadiere.

«Un attimo solo, devo registrare le sue generalità e avvisare il colonnello».

Luca si bloccò di colpo e ritornò alla posizione precedente, prese il porta documenti e, da un taschino interno, sfilò la carta d'identità che consegnò al carabiniere.

Con movimenti lenti e precisi, il brigadiere completò le operazioni di registrazione, prese il telefono, compose dei numeri e avvertì il colonnello dell'arrivo del professor Manfredi.

«Prego Professore», disse il brigadiere indicando la strada con la mano, «il Colonnello De Fazio la sta aspettando».

Luca si portò verso il corridoio che conduceva alla stanza di De Fazio. Poco prima di raggiungerla, notò che quella che la precedeva aveva la porta spalancata, sbirciò al suo interno e notò quanto fosse mal ridotta, con diverse crepe sulle pareti e degli arredi in ferro con alcuni punti di ruggine evidenti. La stanza era illuminata da un vecchio applique a soffitto e sulle pareti erano appese delle stampe sbiadite che riproponevano temi floreali, di quelli che si trovano nella grande distribuzione. Sulle due scrivanie erano ammassati, alla rinfusa, diversi fascicoli, visibili anche negli armadi, etichettati a penna e posizionati su binari.

Luca pensò che, tutto sommato, a lui era andata di gran lunga meglio e riconsiderò, positivamente, il suo piccolo studio universitario.

Quando arrivò in prossimità della porta della stanza del Colonnello, la trovò chiusa. Notò che all'esterno non c'era alcuna indicazione utile a far capire che, al suo interno, ci fosse una delle cariche più importanti di quella caserma.

Bussò alla porta e, immediatamente, si sentì la voce del colonnello provenire dall'interno che lo esortava ad entrare.

Luca aprì la porta e fu catapultato in un ambiente molto diverso da quello che aveva visto qualche minuto prima. La stanza del Colonnello era deliziosamente arredata con librerie in legno presenti su tutte le pareti, sulle quali erano adagiati diversi stendardi che richiamavano l'importanza dell'istituzione. La scrivania, dove era seduto il Colonnello, era anch'essa di legno, con i piedi ed i bordi finemente intarsiati. La gestione dei fascicoli e delle suppellettili presenti della stanza rappresentavano la sintesi di una perfetta organizzazione degli ambienti che il Colonnello curava in prima persona. Alle sue spalle, c'era un quadro di grandi dimensioni che riproponeva l'interno di una cattedrale gotica in fase di ristrutturazione; Luca si soffermò a guardare il caratteristico stile pittorico, simile a quello utilizzato dagli impressionisti, che dava un certo movimento al quadro. L'illuminazione dell'ambiente proveniva dalla vicina finestra ubicata alla sinistra della scrivania e che affacciava su Piazza Monteoliveto.

Quando Luca entrò, il Colonnello, intento a scrivere sul notebook, sospese quello che stava facendo e si alzò per salutare il professore.

«Bene arrivato professor Manfredi, la stavo aspettando».

«Buongiorno Colonnello, complimenti per la scelta del quadro. Questo studio è veramente arredato con gusto».

«Che dire professore, cerco di mantenere vivo il prestigio di questo posto. Credo che lei sappia che qui un tempo c'era il Monastero di Santa Maria di Monteoliveto che poi è stato utilizzato, dapprima, come Parlamento del Regno delle due Sicilie, per poi divenire quello che vediamo oggi. Non mi dilungo oltre perché sarà a conoscenza di dettagli molto più minuziosi sulla storia di questo posto».

«Non basta essere un docente di archeologia e storia dell'arte per conoscere tutto su questa meravigliosa città», rispose Luca, «ci sono tanti luoghi ancora da scoprire e molte storie ancora da raccontare. Sono fortunato Colonnello, mi aspettano ancora anni ed anni di lavoro e, forse, riuscirò a scoprire tutto quello che ancora mi manca». Luca si avvicinò alla scrivania, strinse la mano del Colonnello e continuò, «l'intero complesso è meraviglioso, ma più di tutto, la chiesa di Sant'Anna dei Lombardi è la rappresentazione sublime dell'arte rinascimentale napoletana».

Il Colonnello invitò Luca ad accomodarsi. Il Professore spostò la sedia e si posizionò non molto distante dalla scrivania.

«Allora professore, mi dica tutto. Al telefono mi sembra di aver capito che ha delle notizie importanti da comunicarmi».

«Si Colonnello, ma per supportare meglio i risultati delle nostre ricerche gradirei essere aggiornato prima da lei sugli sviluppi del caso, così posso, eventualmente, aggiungere dettagli a quello che le dirò».

«Professore», rispose il colonnello contrariato, «le ricordo che questo è un caso molto delicato e la divulgazione dei dettagli sull'indagine è molto pericolosa, c'è il rischio di una fuga di notizie che può compromettere le ricerche. Mi dica con chi ha collaborato, dobbiamo sapere se sono persone delle quali ci si può fidare».

«Mi dispiace non averla aggiornata della collaborazione del mio assistente», rispose Luca stupito per la reazione del colonnello, «non sono solito seguire casi così insoliti rispetto al mio lavoro ordinario, le ricordo che sono un docente e non ho mai prestato collaborazioni per omicidi».

Luca prese l'agenda dal suo zaino, la sfogliò e comunicò le generalità di Mattia affinché si potesse procedere con le verifiche richieste in casi del genere. Il Colonnello si voltò verso il pc e appuntandosi i dati, disse, «professore, capirà che

la mia rigidità è il frutto di tanti anni di esperienza, le assicuro che non è facile gestire casi del genere e molto spesso mi tocca fare i conti con il personale di servizio che non è maestro di precisione, me la passi così».
«Capisco Colonnello, l'università non è molto diversa in questo».
«Venendo alla sua domanda», disse il colonnello, riportandosi di fronte a Luca, «abbiamo scoperto che la famiglia della vittima non corrisponde con quella biologica. Il padre ci ha comunicato che il Doni è nato a Napoli ed ha vissuto i primi anni di vita in orfanotrofio, prima che fosse adottato. Per il momento siamo riusciti ad individuare la struttura che lo ha accolto e, proprio in questo momento, alcuni miei collaboratori stanno verificando negli archivi dell'istituto per scoprire qualche cosa di più della sua vera famiglia».
«Sul luogo dell'omicidio mi ha detto che la vittima risiedeva a Firenze, perché si trovava a Napoli?».
«Il padre era molto scosso dalla notizia e ci ha solo riferito che il figlio doveva incontrarsi con un suo amico napoletano con il quale condivideva l'appartenenza ad un'associazione filantropica. Effettivamente, sono stati trovati dei messaggi sul cellullare della vittima che aveva scambiato con il sig. Antonio Colella, che abbiamo poi raggiunto ed interrogato. Ha fornito un alibi inattaccabile, ma sull'associazione ci ha fornito particolari poco credibili. Ha fatto riferimento ad un circolo culturale a livello nazionale che non siamo ancora riusciti ad individuare».
«Forse ho io le risposte che cerca».

XVII

"No, non sono io quel mostro che descrivono. Loro non sanno niente di come io mi senta. Scrivono, scrivono e condannano senza conoscere un cazzo di niente".

Federica era seduta su una poltrona in stile classico con fasce damascate di colore rosa, aveva le mani tra i capelli corti e i gomiti poggiati alle gambe. Stringeva forte le mani alle tempie pensando a tutto quello che le stava accadendo.

"Si, fate pure. Nutritevi del mio corpo, io non ho paura delle vessazioni, potete anche uccidermi, ma non fermerò la mia mano fino a quando non avrò completato l'atto supremo. Si, le anime devono essere purificate, i peccatori devono lavarsi nella fonte della verità e confrontarsi con la morte. Solo allora potranno rinascere, ma prima devono morire".

La stanza dove si trovava Federica era arredata in stile classico nobiliare. Di fianco alla poltrona, c'era un divano con la medesima trama damascata e il pavimento in parquet era quasi interamente coperto da tappeti in stile orientale. Il soffitto, alto, era sorretto da travi in legno a vista e alle spalle del divano vi erano due finestroni grandi quanto l'intera parete. Sul lato opposto, c'era l'ingresso ed, al centro della stanza, un tavolino con le gambe ricurve intagliate in oro conforme allo stile dell'arredamento, ai quattro lati erano posizionate delle sedie imbottite in velluto rosa.

Su una delle pareti più lunghe, alla destra dell'ingresso, c'era un enorme camino che lasciava intravedere i segni di fuliggine al suo interno, sormontato da un blocco di pietra grigia. Sulla parete opposta al camino, si trovava un mezzo tavolo, con i medesimi intagli in oro del tavolino e, sopra, uno specchio su cui erano posizionati diversi oggetti messi alla rinfusa.
Federica si alzò e si avviò verso il centro della sala, raggiunse lo specchio e vide i suoi occhi pieni di sangue e lacrime. Guardò la sua immagine rilessa e, più concentrava il suo sguardo, più il suo viso si trasfigurava in qualcosa che lei stessa non riconosceva. Aveva iniziato la sua metamorfosi e si avviava verso la perfezione, questo pensava mentre si specchiava. Abbassò lo sguardo, si guardò le mani girandole e rigirandole; tra gli oggetti sul tavolo notò la maschera di Pierrot, la prese e la posizionò sul suo viso.
"Quando avrò finito non mi riconoscerete, e tu Laura aspettami, queste lacrime nere accompagneranno la tua fine negli abissi più profondi della tua esistenza. Assaporerò ogni attimo della tua morte per evocare l'energia della mia rinascita".
Federica avvertì un rumore in casa, posizionò la maschera lì dove l'aveva presa e si avviò velocemente verso la porta. La aprì e si dileguò nell'oscurità del corridoio. Un urlo sovrastò il silenzio ed un tonfo muto fece vibrare le pareti.

XVIII

«Quindi era un Massone».

«Si, Colonnello, anche il modo con il quale l'assassino ha disposto il cadavere evidenzia chiari segni dell'appartenenza all'ordine massonico. La camicia e il pantalone risvoltati, l'orologio slacciato e messo a distanza dal braccio, tutto fa pensare al rituale di iniziazione massonica che vuole ricordare, simbolicamente, il momento nel quale l'eretico veniva condotto al patibolo».

«Quindi chi ha ucciso il sig. Doni doveva essere a conoscenza di questi rituali, non crede?».

«Da quello che ho potuto vedere sul luogo dell'omicidio posso tranquillamente desumere che l'assassino abbia una conoscenza approfondita dei culti misterici e non mi riferisco solo ai segni sul corpo della vittima».

Il colonnello si portò leggermente avanti con il corpo e fissò quasi incredulo Luca.

«Si spieghi meglio professore».

«Credo che il luogo non sia casuale, così come la modalità con la quale il sig. Doni è stato ucciso. Ma più di tutto è il quadrato magico ad avermi dato motivo di credere che ci troviamo di fronte a qualcosa che va ben oltre la massoneria e alla preparazione dell'adepto o maestro che sia. Qui c'è la mano di un mostro che insegue qualche cosa di più della perfezione terrena e di tutti i nobili principi massonici. È il perfetto, il più intelligente, il più colto, si potrebbe definire il prescelto, colui al quale è affidato un destino irrinunciabile».

«Così come lo sta descrivendo sembrerebbe quasi un inviato di Dio».

«Colonnello, ha perfettamente compreso ciò che le stavo per dire, ha solo commesso l'errore di guardare il simbolo dalla faccia più visibile, quella che viene definita exoterica e cioè la conoscenza esteriore dei culti iniziatici. In questa storia, una delle cose più singolari è che gli eventi vanno tutti letti da un punto di vista diverso, dal lato nascosto del simbolo, quello che gli studiosi definiscono esoterico. E il protagonista di questa triste vicenda indossa i panni dell'ingannatore per eccellenza, di chi promette la ricompensa di una vita eterna in cambio della propria anima, il demonio in persona».

«E così, secondo lei, l'assassino si sta prendendo gioco di noi facendoci credere che l'omicidio sia avvento per qualche motivo legato alla massoneria e invece c'è qualcos'altro che potrebbe rappresentare il vero movente dell'omicidio?».

«Vorrei fosse più semplice, ma è proprio così, l'assassino ha prefigurato la morte che è riservata, figurativamente, ai fratelli di loggia che tradiscono il segreto massonico e tutto di questo omicidio porterebbe a pensare che l'assassino sia un appartenente all'istituzione».

«E perché è così certo di escludere questa tesi?», chiese il colonnello.

«Non mi carichi di questa responsabilità colonnello, nel mio lavoro non sono abituato ad escludere nulla, in molti casi un indizio ha completamente vanificato anni di lavoro. In questo caso specifico, a me tocca rappresentare i fatti e mi atterrò a descrivere ciò che mi è stato possibile interpretare come dato oggettivo».

«Apprezzo molto il lavoro che sta svolgendo, le chiedo nuovamente perché abbia escluso la possibilità che l'assassino appartenga alla massoneria».

«Perché in molte obbedienze più conservatrici alle donne non è consentito partecipare ai lavori di loggia».

Il colonnello rimase sbalordito per la determinazione dell'affermazione di Luca. Non poteva immaginare che in così poco tempo e senza un'evidenza scientifica il professor Manfredi avesse determinato il sesso dell'assassino.

Luca, nelle ore che seguirono, spiegò, con dovizia di particolari, tutto quello che lui e il suo assistente avevano compreso dalla lettura delle tracce lasciate dall'assassino sul luogo dell'omicidio. Il colonnello non nascose il suo vivo interesse per l'argomento a prescindere del ruolo investigativo che ricopriva, era affascinato dall'esposizione puntuale del professore e dalla connessione dei culti all'apparenza così distanti tra loro. Per quanto quelle storie fossero lontane dalla sua sfera culturale, apprezzava la capacità di Luca nel tramutarle in un appassionante viaggio nei sentimenti dei protagonisti. Il colonnello si mostrava incuriosito e, di tanto in tanto, prendeva appunti sul suo quaderno e pensava a quale potesse essere l'epilogo di tutti quegli intrecci che andavano dalle letture dell'antico testamento, alla massoneria, fino ad arrivare a toccare le più intime vicende che hanno caratterizzato la vita di artisti come Artemisia Gentileschi.

«Professore, quindi questa donna è in cerca di una perfezione che troverà solo quando avrà completato un percorso di purificazione interno?».

«Esatto colonnello, solo che invece di smussare la sua pietra angolare, lo fa andando ad eliminare, con l'omicidio, le impurità di altri soggetti, prefigurandolo come la propria morte».

Luca esitò un istante prima di riprendere la parola, «ci deve essere, però, un legame tra vittima e carnefice tale da giustificare la scelta di ammazzare il Doni. Qualche connessione che ha a che fare con il tradimento».

I due furono distratti dal suono del telefono che si trovava alla destra del notebook, sulla scrivania. Il colonnello prese il telefono e rispose. Mentre parlava, con la penna scarabocchiava cose senza senso sul quaderno. Dall'altro capo del telefono c'era il responsabile del laboratorio di analisi che aveva avuto l'incarico di analizzare il DNA delle persone presenti nel parco archeologico nel giorno dell'omicidio. Il colonnello annuiva ed intanto scriveva sul quaderno. Quando staccò, si rigirò nuovamente verso Luca.

«Professore, quelle che prima erano supposizioni adesso si stanno prefigurando come un intreccio molto interessante».

«Non capisco», commentò Luca.

«Al telefono parlavo con il responsabile del laboratorio di analisi che mi ha riferito di aver individuato un campione compatibile al 25% con il DNA ritrovato sul luogo del crimine e che riteniamo possa appartenere all'assassino».

«Mi pare una buona notizia».

«Si, lo è. In questo modo possiamo stringere il cerchio e ipotizzare che l'assassino non abbia agito da solo, ma con l'aiuto anche di un familiare. La corrispondenza trovata con uno degli ospiti del parco è caratteristica tra fratelli che condividono lo stesso padre o la stessa madre», il colonnello continuò la conversazione mostrando un ghigno di soddisfazione, «o, meglio, tra sorelle, poiché si tratta del DNA di una donna: se si confermasse questa tesi ci troveremmo di fronte ad un omicidio nel quale sono coinvolte due donne, anche se si può già supporre che solo una abbia avuto un ruolo determinante nella morte del Doni».

«Colonnello, come fa ad ipotizzare questo?», chiese Luca.

«Nella sala del grande affresco non abbiamo trovato ulteriori tracce che ci facciano ritenere la presenza di un'altra persona, oltre a quella dell'assassino e della vittima. Questa cosa possiamo affermarla con una certa accuratezza anche perché il sito è inaccessibile ai visitatori. Se ricorda, ci sono delle colonnine segna-percorso che separano il corridoio dalla stanza. Quello che immagino è che questa altra persona potrebbe aver assunto il ruolo di sentinella. Suppongo che si trovasse al di fuori delle mura della villa, in un punto dove è possibile comunicare, in qualche modo, con la stanza del Grande Affresco».

Il colonnello De Fazio parlava tenendo gli occhi socchiusi e cercava di rivedere, nella sua mente, il momento dell'omicidio. Le immagini si susseguivano con movimenti lenti, quasi come una danza. Luca, dal suo punto di vista, cercava di mantenere una certa distanza per evitare che le sue parole potessero violare quello spazio di azione creato dal

Colonnello; non voleva intralciare un ragionamento che cominciava a trasformare individui immaginari in qualcosa di concreto. Ora c'era una persona, una donna, che era stata identificata, aveva un nome ed un cognome e, forse, poteva essere la chiave di svolta per la conclusione delle indagini.

«Colonnello, credo che, a questo punto, io possa lasciarla al suo lavoro e ritornare ad occuparmi dei miei studenti. Le farò avere la relazione al più presto».

«Certo Professore», disse il colonnello tornato a prendere appunti sul quaderno, «le sono grato per il lavoro che ha svolto, adesso le chiamo il mio assistente così che possa accompagnarla all'ingresso».

Luca non fece in tempo a dire al colonnello che avrebbe potuto tranquillamente ritornare all'uscita da solo che, questi, prese il telefono per chiamare il brigadiere che era alla reception. L'assistente varcò la porta della stanza.

«Colonnello, cosa posso fare per lei?», chiese mostrando il saluto militare.

«Brigadiere, accompagni il professore all'ingresso. Poi chiami il laboratorio Serenity, che si sta occupando delle indagini sul DNA e faccia subito delle ricerche accurate su una certa sig. Laura Cirelli, le generalità le può trovare nell'elenco di visitatori».

Quando Luca sentì pronunciare quel nome ebbe una sorta di mancamento, sprofondando in un abisso di ansia e terrore.

XIX

"No, non può essere andata così, non ci credo. Tutto di questa storia è assurdo, non posso permettere che anche Laura venga coinvolta. Perché non mi ha detto nulla di una sorella? Non ci credo. Sono qui per ricevere un po' di conforto, non può essere stata lei.... il laboratorio avrà commesso qualche errore, ne sono certo.
Io amo Laura e nessuno potrà separarci e distruggere questo amore. Sono sicuro di questo: la bellezza non ha mai fallito, si è protratta nel tempo, superando terremoti, guerre ed epidemie e non morirà adesso. Io e Laura non avremo paura, perché l'amore è eterno".
Luca era inginocchiato nella Cappella del Compianto della chiesa di Sant'Anna dei Lombardi, di fronte a lui si ergeva il gruppo scultoreo realizzato da Guido Mazzoni e, nel suo sgomento, egli sembrava partecipare alla sofferenza per la morte di Cristo.
 L'ottava statua, quella che, insieme alla Vergine Maria e alla Maddalena, piangevano per l'ingiustizia umana, per la follia cieca del potere. In quell'opera, tutta l'angoscia era palpabile, era nello sguardo dei partecipanti che si trovavano al cospetto dei resti mortali del loro Signore, di colui che aveva osato sfidare i potenti, in difesa dell'amore.

Luca si sentiva morto dentro e, con gli occhi segnati dall'angoscia, guardava fisso il volto della Maddalena, una donna che, per amore, aveva scelto di vestire gli abiti della purezza.

Un' illuminata che aveva avuto il privilegio di essere la prima ad ammirare il miracolo della risurrezione, l'eletta del signore; quasi china sul corpo di Cristo e con le braccia aperte, sembrava volesse accogliere la stessa sorte del suo amato. Un urlo sordo usciva dalla sua bocca, pietrificata dall'orrore.

Luca aveva l'impressione di percepirne l'eco nella cappella, lo avvertiva in tutta la sua potenza.

Si rivolgeva alle statue come se potessero sentirlo, il suo lamento era rivolto in particolare all'uomo che, con la sua morte, aveva stravolto le leggi che governavano l'etica, la morale, e finanche il tempo. Cristo era lì, sdraiato davanti a lui, immobile in una posizione perfettamente simmetrica alla cappella. Con il viso fiero e risoluto, sembrava quasi non aver subito le atrocità descritte nei vangeli.

Luca guardava lui in cerca di conforto, voleva trovare la forza di reagire, avere il coraggio di resistere alle prove che avrebbe dovuto affrontare.

Si alzò e, scavalcato il cordone rosso che separava il gruppo scultoreo, si accostò alla statua di Cristo, si piegò sulle ginocchia e, con la mano destra, accarezzò il suo volto. Per un istante, ebbe la sensazione che una delle ciocche dei capelli di Gesù si stesse muovendo, chiuse gli occhi pensando che si trattasse di uno strano effetto dovuto alle tenui luci della cappella. Quando li riaprì, vide davanti a sé la testa di un serpente, accompagnata dal suo caratteristico sibilo. Luca spaventato cercò, invano, di ritrarre la mano; il serpente, vedendo quel movimento, fece un balzo in avanti e si avventò sul suo avambraccio. Lasciato il morso, l'animale si allontanò, andandosi a nascondere dietro la statua di San Giovanni Evangelista.

Luca, disorientato, afferrò il braccio destro con la mano sinistra e strinse forte all'altezza del morso. Subito dopo, avvertì un rumore alle sue spalle, si voltò di scatto e vide una figura umana sgattaiolare fuori dalla cappella e dirigersi verso destra. Con il braccio in fiamme, si avviò all'inseguimento. Quando uscì dalla cappella non vide nessuno, si trascinò lungo il corridoio che portava alla sacrestia del Vasari.

Il dolore al braccio si intensificava sempre di più e si stava irradiando in alto, verso la spalla; arrivato all'altezza dell'ingresso della sacrestia del Vasari, avvertì una forte accelerazione della frequenza cardiaca, seguita da una sensazione di freddo all'altezza dello stomaco. Cominciò a tremare dalla paura, inconsapevole di quanto potessero essere potenti gli effetti di quel morso. Con la mano sinistra strinse con forza il braccio, nella speranza di bloccare l'afflusso del sangue e, di conseguenza, quello del veleno iniettato dal serpente. Ma vani furono i suoi tentativi, si appoggiò al telaio destro della porta in ferro e, pian piano, si ripiegò su sé stesso. Il dolore aveva raggiunto la testa e Luca faceva fatica a mettere a fuoco i particolari della stanza, i personaggi rinchiusi nelle nicchie che adornavano la volta gli sembravano animati.

Al centro della stanza vide una sagoma umana, non riuscì a distinguerne i tratti del viso, non capì se si trattasse di un uomo o di una donna.
«Chi sei?», disse Luca con voce fievole.
«Sono l'esecutrice della verità», rispose lei con le braccia aperte e la testa rivolta verso l'alto, «sono qui per purificare il tuo spirito. Non opporre resistenza, accogli il mio richiamo e otterrai la vita eterna».
Quella voce femminile fece raggelare il cuore di Luca già considerevolmente indebolito dal veleno che stava attraversando le sue vene. Più passava il tempo, più perdeva ogni speranza di poter sopravvivere a quella sensazione di malessere che, oramai, aveva coinvolto tutto il suo corpo. Quando ebbe la conferma di trovarsi di fronte alla donna che aveva assassinato l'uomo nella Villa dei Misteri e che stava rovinando la sua esistenza, anche quell'ultimo briciolo di speranza abbandonò il suo corpo esanime.
La donna abbassò lo sguardo nella sua direzione: Luca avvertì una sensazione di disagio profondo, il cuore batteva forte.
Cercò di risollevarsi, ma perse subito l'equilibrio e cadde con la spalla destra sul pavimento della sala. Con le misere forze che gli restavano, alzò un'ultima volta lo sguardo verso il centro della sacrestia e vide che, dalle braccia e dalla testa dell'assassina, fuoriuscivano delle fiamme di colore arancione che si sollevavano fino alla volta del soffitto.
Luca, accecato da tutta quella luce, ebbe la sensazione che quella donna si fosse trasformata in un'araba fenice che, maestosa, scuoteva con forza le sue ali. Terrorizzato abbassò

lo sguardo, poggiò il capo a terra e sentì che le forze lo stavano abbandonando definitivamente.

«Tutte le radici saranno estirpate, ne resterà soltanto una e solo allora che potrò fermarmi ad ammirare la bellezza della vita eterna. Buon viaggio professore.», disse la donna passandogli accanto.

Luca non trovò le forze per proferire alcuna parola, nella sua mente restò solo il frastuono dei passi che provenivano dal corridoio.

XX

«Mi dispiace per suo marito, stiamo facendo tutto il possibile, al momento la prognosi è riservata».

Laura, da quando aveva appreso del ricovero di Luca, era spaventata e disorientata. Le luci dell'ospedale e l'odore pungente di medicinale misto a detergenti, le portava un senso di nausea perenne. Con le spalle ripiegate su se stessa, ascoltava con attenzione l'aggiornamento del medico sulle condizioni di salute di Luca. Appena aveva saputo dell'incidente, si era precipitata all'ospedale Cardarelli.

«Dottore, cosa gli è successo?», chiese Laura asciugandosi le lacrime con un fazzoletto che aveva recuperato dalla borsa.

«Sul braccio di suo marito abbiamo riscontrato una lesione dovuta ad un morso di un serpente», rispose il medico facendo segno sul suo braccio in prossimità di dove avevano trovato la lesione, «quando è arrivato in ospedale era in preda ad una crisi di panico, vaneggiava e pronunciava cose senza senso. Abbiamo sin da subito pensato che si trattasse di allucinazioni».

«Cosa intende per allucinazioni?».

«Alcuni esemplari di Crotalo Orrido, che vivono principalmente nel nord America, hanno una significativa componente neurotossica. Il paziente presentava tutte le caratteristiche di avvelenamento di questa specie. Quando è arrivato in ospedale, prima di perdere completamente conoscenza, ci ha riferito di aver visto, in una sacrestia, un'araba fenice gigante, e che dovevamo lasciarlo andare via perché doveva proteggere lei da questo mostro. Ecco perché appena abbiamo visto che stava cercando di mettersi in contatto con il paziente, abbiamo immediatamente risposto dal cellulare di suo marito».

«Ma se questi serpenti vivono principalmente nel Nord America, come è possibile che Luca sia stato morso in una chiesa di Napoli?», chiese Laura incredula.

«Purtroppo su questo argomento non so cosa risponderle, anche perché del serpente non è stata trovata traccia, né in chiesa e nemmeno nelle vicinanze», rispose il dottore mentre si voltava per allontanarsi.

«Dottore, un'ultima cosa», disse Laura facendo qualche passo avanti, «mio marito è in pericolo di vita?».

«Come le dicevo, la prognosi resta riservata, bisogna attendere ancora qualche ora e verificare come risponde il paziente all'antidoto. Come può immaginare, non è stato facile per noi individuare il siero giusto e, di conseguenza, la dose è stata somministrata circa un'ora fa».

Il medico, con il volto turbato, si voltò dando le spalle a Laura, si incamminò nel corridoio e varcò la porta della terapia intensiva. Il suono di quella porta riecheggiò come un tonfo sordo facendo sussultare Laura; subito dopo, nella sala d'attesa, calò il silenzio e lei avvertì uno spiffero d'aria provenire da una finestra leggermente aperta.

Si avviò, esausta, verso l'unica panca della corsia e, sedutasi, si rannicchiò su se stessa. Pensò a quanto fosse stanca di tutta quella storia, dall'omicidio all'assurdo test di quella mattina e adesso era lì a pregare per la vita di Luca. Una sensazione di perpetuo terrore la accompagnò nelle ore che seguirono, non era pronta al peggio e non voleva arrendersi all'idea di poter perdere la persona che più amava al mondo. Pensava a tutti i momenti meravigliosi vissuti con Luca ed era certa che quel viaggio non sarebbe finito quella notte. C'erano ancora tante pagine da scrivere della loro meravigliosa storia d'amore e altrettanto tempo per poterla raccontare.

Trascorsero quattro ore, nelle quali i rintocchi dei minuti, provenienti dal vecchio orologio a parete, sembravano affievolirsi sempre di più; erano le 23.15 e Laura era rimasta lì, immobile, tutto il tempo.

"Perché non si vede ancora nessuno", pensò, "il dottore aveva detto che Luca stava reagendo bene alle cure. Ha detto anche che sarebbero bastate poche ore per capire se l'antidoto stesse facendo effetto. Sono trascorse troppe ore, troppe".

Laura scuoteva il capo, ancorandosi alle poche speranze che le restavano, si aggrappava all'idea che, forse, si fossero dimenticati della sua presenza e che Luca stessa già molto meglio. Il rumore della porta la fece sobbalzare, alzò lo sguardo e vide lo stesso medico che l'aveva accolta al suo arrivo in ospedale. Il dottore aveva lo sguardo assente e pensieroso quando si avviò verso Laura che si alzò dalla sedia di scatto.

«Allora dottore?».

«Signora, abbiamo fatto veramente di tutto per salvargli la vita. Il ritardo nell'individuazione dell'antidoto giusto ha indebolito molto il paziente. Suo marito ha avuto un arresto cardiaco».

Quei pochi suoni che si sentivano nella corsia sparirono, il ticchettio dei minuti si era spento, così come le parole del dottore che sembravano essersi dissolte lentamente, trascinate via da quell'alito di vento che proveniva dalla finestra.

XXI

«Lucia, vattene, cosa ci fai qui. Lo sai che a quest'ora non ci è permesso girovagare nei corridoi. Immagina se ci vedesse la madre superiora, cosa penserebbe di noi».
«Fammi entrare Maria, ho bisogno che tu faccia una cosa per me».
Suor Maria, spalancò la porta della cella che, mentre parlava con Lucia, aveva tenuto semiaperta. La fece entrare e si guardò intorno prima di chiuderla a chiave.
«Fai presto Lucia», disse Maria infastidita, «sei fortunata che non vada io dalla madre superiora a raccontare tutto. Ma cosa ti sta succedendo, sono giorni che sei diversa dal solito. Cos'hai che non va?».
Maria era la monaca più giovane del convento e, appena entrata, le era stata affidata la mansione di assistere la madre superiora nelle attività amministrative. A differenza delle altre sorelle, sapeva utilizzare molto bene il computer, avendo anche avuto, prima di prendere i voti, esperienze come contabile; rigida e precisa, le era stata assegnata la gestione della tesoreria del convento.
Lucia vagava nella stanza inquieta, era molto agitata e cercava di nascondere dietro la schiena le sue mani tremolanti.

«Maria», disse Lucia fermandosi nel mezzo della cella, «scusami se sono stata troppo invadente ed ho insistito per entrare, ma ho bisogno del tuo aiuto».

«Perché tutta questa fretta, Lucia», rispose piccata Maria, «non potevi chiedermelo domani? Cosa sarà successo di così grave!».

«Ho bisogno della tua discrezione per quello che sto per chiederti, sono certa che quando ti racconterò tutto comprenderai il motivo della mia invadenza».

«Lucia, faccio fatica a seguirti, anche se, in fin dei conti, credo sia meglio così. Dimmi, ma sii veloce».

«Grazie, un giorno saprò ripagarti».

Maria, rassegnata all'idea di non avere alcuna via di fuga, invitò la sorella a sedersi sulla sedia. Lucia accettò l'invito, mise la sedia di fronte al letto di Maria e si accomodò. Così fece anche Maria sedendosi sul ciglio del letto.

«Allora, cosa posso fare per te. Ma, ti prego, parla a bassa voce, non vorrei che si impressionassero le altre sorelle».

«Sarò diretta», rispose Lucia calando il capo, «ho bisogno che tu acceda ai registri degli ingressi dei neonati conservati nella Real Casa Santa dell'Annunziata».

Maria era sbalordita per l'assurdità della richiesta.

«Aspetta Lucia, forse mi sfugge qualcosa o avrò capito male. Mi stai chiedendo di violare il sistema informatico dell'Annunziata per recuperare i registri degli esposti, è questa la tua richiesta?».

«In un certo senso, si», rispose Lucia alquanto imbarazzata, «però, credimi, non voglio che tu faccia qualcosa di illegale».

«Ci mancherebbe», rispose subito Maria, scuotendo la testa in segno di disapprovazione, «allora, fammi sentire, come pensi che io possa recuperarti questi registri?».

«I registri degli esposti sono accessibili solo agli ex ospiti o ai diretti discendenti di questi», dichiarò suor Lucia.

«Appunto Lucia, senza l'interessato non possiamo fare nulla», disse Maria sollevandosi dal letto, «ascolta, vai a riposare, sarai molto stanca, non è il caso di avventurarti in cose così pericolose. Ma ti è passato per la mente cosa rischieremmo nel caso dovessero scoprirci?».

«Maria, credimi, non ti chiederei mai una cosa simile se non si trattasse di una questione di vita o di morte», disse Lucia prendendo per il braccio Maria che si divincolò dalla presa e si avviò verso la scrivania. Prese la bottiglietta d'acqua e la versò in due bicchieri. Diede uno dei bicchieri a Lucia e ritornò a sedersi.

«Lucia, sono molto preoccupata per te. Mi devi dire tutta la verità e solo allora valuterò la possibilità di darti una mano. Hai detto che si tratta di una questione di vita o di morte e sai quanto io ci tenga a te, sei mia sorella e non potrò mai vivere con il rimorso di non aver fatto il possibile per aiutarti, inorridisco al pensiero che possa accaderti qualcosa di spiacevole».

Lucia bevve qualche sorso d'acqua prima di rispondere.

«Ti ringrazio molto».

Le due sorelle accennarono un sorriso e Lucia si sentì libera di raccontare tutta la sua storia. Raccontò di quando, qualche mese dopo aver abbandonato i figli, si recò alla Basilica dell'Annunziata presentandosi come balia. Con quella scusa riuscì a sbirciare nei registri e, il breve tempo a disposizione, le permise di vedere il solo il nome del figlio maschio e delle annotazioni che lo riguardavano. Da allora riuscì a seguire tutti gli spostamenti del figlio, fino alla sua adozione da parte di una famiglia toscana che, in seguito, gli cambiò il cognome da Esposito a Doni. Raccontò di come, negli anni successivi tentò, invano, di trovare il modo di accedere nuovamente ai registri in cerca di qualche notizia sull'identità della figlia; i protocolli di accesso si fecero sempre più rigidi e Lucia, divenuta monaca, dopo un po', perse ogni speranza.

Lucia lasciò trapelare tutto il dolore provato nell'apprendere che la persona assassinata all'interno degli scavi era proprio suo figlio.

Maria ascoltava con vivido interesse il racconto, manifestando, al contempo, tutto il suo stupore per quella storia; il suo atteggiamento si tramutò da rigido e distaccato in cordiale e amorevole. Con lo svolgersi del racconto di Lucia, Maria aveva mostrato una crescente empatia che aveva lasciato stupita la stessa Lucia, abituata, da sempre, alla rigidità professionale che contraddistingueva la sorella, e fuorviata, forse, dal suo ruolo di assistente alla madre superiora che, Maria, svolgeva con uno spiccato senso del dovere.

Terminato il racconto, Maria rimase immobile ed in silenzio. I suoi occhi lasciavano trasparire un luccichio che a Lucia non passò inosservato, quella storia aveva lasciato un disagio nell'animo di Maria che si rammaricava di aver trattato male la sorella.

«Lucia», disse prendendole la mano, «scusami se prima sono stata troppo dura nei tuoi confronti. Ti ho giudicata ancor prima di sentire la tua storia e questo mi fa molto male. La morte di tuo figlio mi rattrista molto e immagino quanto sia stato difficile per te mantenere questo segreto, tutto questo tempo».

Lucia, evidentemente commossa da quelle parole, non disse nulla e ascoltò in silenzio Maria.

«Sappi che da ora in poi non avrei più bisogno di nasconderti nei tuoi silenzi. Siamo una famiglia e chi meglio di noi può donare conforto al tuo cuore? Ti vogliamo bene, io ti voglio bene e so quanto tu sia importante per questa comunità. Non sarò io a condannare le scelte che hai fatto nel passato, io vedo quello che sei oggi e quello che fai per gli altri e per i più deboli. Non so se riuscirò ad esserti utile, ma proverò a fare ciò che mi chiedi, ma ad una sola condizione».

«Grazie Maria, grazie», disse Lucia sollevata dalla disponibilità della sorella, «farò tutto quello che chiedi».

«Non parlare con nessuno, questa cosa deve essere un nostro segreto e non chiedermi aggiornamenti. Quando avrò qualcosa da dirti, sarò io a cercarti. Adesso vai e prega per tua figlia, io farò lo stesso».

Lucia, rincuorata, aprì la porta e si avviò verso la sua cella.

XXII

La guardiola della terapia intensiva dell'ospedale Cardarelli era presidiata da due infermiere intente a fare pettegolezzi su una collega.
«Hai visto a quella, ma come si sbatte...... è vero?»
«Vabbè Carmela, ma che ci vuoi fare, sappiamo tutte perché l'hanno assunta».
«La sentivi ieri come si lamentava con il primario, diceva che la trattiamo male e non le diamo confidenza».
«Se...se...... a Napoli si dice "chi chiagne fotte a chi rire". Lascia perdere Carmè».
Le due infermiere furono distratte dal suono proveniente da uno dei monitor dalla guardiola, la frequenza cardiaca del paziente stava aumentando sensibilmente. Carmela si precipitò nella sala dei medici, dove trovò il primario intento a scrivere alcuni appunti che avrebbe, poi, trascritto sulle cartelle cliniche. Appena vide l'infermiera, si voltò nella sua direzione, in attesa di sapere il motivo di quella interruzione.
«Dottore, mi scusi, io e Iole abbiamo notato un aumento della frequenza cardiaca del paziente nella camera 302».
Il dottore, senza dire una parola, si alzò dalla sedia e si avviò verso la camera indicata dall'infermiera. Quando arrivò, vide il paziente dimenarsi sul lettino, mentre l'infermiera Iole

tentava di trattenerlo, per evitare che, nell'agitazione, potesse ferirsi o danneggiare le apparecchiature di controllo.

«Laura, Laura, scappa. Quella bestia non si fermerà. Scappa, scappa».

Il dottore prese una siringa dal cassettino, che si trovava al di sotto del monitor di controllo, e del medicinale in un mobiletto in acciaio sulla sua sinistra. Aspirò il siero e lo iniettò in un tubicino collegato alla flebo. Dopo qualche secondo, il paziente si tranquillizzò ed anche i valori ritornarono nella norma.

«Tenetelo costantemente sotto controllo», disse rivolgendosi alle infermiere, «avvertitemi immediatamente nel caso dovessero ripresentarsi gli stessi fenomeni».

Varcò la porta della camera e ritornò nella sala dei medici.

Intanto, fuori dalla terapia intensiva, Laura era lì che aspettava, paziente, aggiornamenti sulle condizioni di Luca.

Da quando il medico l'aveva avvisata dell'arresto cardiaco e dell'immediato intervento che gli aveva salvato la vita, le condizioni di Luca restavano sempre critiche.

Erano le cinque del mattino quando rivide varcare la porta allo stesso dottore che l'aveva aggiornata durante la degenza di Luca. Questa volta il viso del dottore sembrava, agli occhi di Laura, molto più disteso ed ottimista.

«Signora, suo marito è fuori pericolo», disse il medico con soddisfazione, «può stare tranquilla e raggiungerlo in reparto, lo stanno portando lì proprio in questo momento».

«Grazie, grazie, grazie», disse Laura che, con uno scatto fulmineo, si voltò, recuperò la borsa che aveva lasciato sulla panca e si precipitò nel reparto dove era stato trasportato Luca.

Le infermiere di turno le indicarono la stanza e quando aprì la porta si bloccò, fece un leggero passo indietro nel vedere Luca in quelle condizioni; si portò le mani alla bocca aperta e si avvicinò al letto. Luca era pallido, pieno di tubicini che uscivano dal braccio e da sotto la veste bianca; stava riposando e non si accorse del suo arrivo. Laura prese una sedia, l'avvicinò e poggiò la testa sulla mano di Luca.

Era stremata, ma la gioia di rivedere Luca cancellò ogni ricordo orribile di quella lunga notte. Rimase così per qualche tempo, quando, ad un tratto, avvertì un movimento della mano, alzò la testa e vide che, pian piano, Luca stava per aprire gli occhi.

«Laura cosa è successo? Cosa ci faccio qui?».

Luca era spaventato e non capiva il perché si trovasse in un letto di ospedale, sembrava aver rimosso tutto quello che era accaduto nella chiesa di Sant'Anna dei Lombardi.

«Amore sei stato ricoverato ieri in terapia intensiva per il morso di un serpente molto velenoso. I medici mi hanno riferito che al tuo arrivo avevi le allucinazioni, ma adesso devi riposare».

Luca faceva leggeri movimenti con la testa, portandola a destra e a sinistra sul cuscino. Cercava di trovare una posizione più confortevole mentre ascoltava Laura.

«Che tipo di allucinazioni?», chiese con voce debole, «non sapevo dell'esistenza di serpenti che provocassero effetti del genere».

«Anche io sono rimasta molto perplessa, il dottore mi ha detto che queste tipologie di serpenti provengono dal Nord America e che sono molto velenosi, non si spiegano nemmeno come sia stato possibile che un esemplare così si trovasse in una chiesa».

Luca sgranò gli occhi.

«Quale chiesa?».

«La chiesa di Sant'Anna dei Lombardi», disse lei, «dove sei stato trovato da una delle volontarie. Il dottore mi ha anche riferito che vaneggiavi e dicevi di essere perseguitato da un'araba fenice».

D'un tratto, tutto ritornò alla memoria di Luca, il cuore cominciò a battere velocemente e rivide tutte le scene di quanto era accaduto la sera del giorno precedente.

Rivide quell'orrendo mostro che allargava sempre di più le sue ali infuocate e quelle terrificanti parole prima che perdesse conoscenza.

«Adesso ricordo», disse Luca agitandosi, «Laura siamo in pericolo, quel morso di serpente non è stato un caso, in quella cappella, con me, c'era anche l'assassina. Ora capisco perché ho visto quella strana metamorfosi, è stato l'effetto allucinogeno del veleno. L'araba fenice era lei Laura».

Luca era evidentemente scosso ed i battiti sul monitor aumentavano vertiginosamente.

«Calmo Luca, stai calmo», disse Laura tenendogli la mano. Vedendo che non riusciva a tranquillizzarlo, si alzò dalla sedia per andare ad avvertire qualche infermiera; Luca si sollevò leggermente facendo affidamento sulle poche forze che aveva e afferrò il braccio di Laura, impedendole di proseguire.

«Il tuo sangue e quello dell'assassina hanno caratteristiche comuni Laura», deglutì e disse, «chi ha commesso l'omicidio è tua sorella».

XXIII

Le sorelle del tempio di Iside, come ogni anno, si erano ritrovate all'alba del giorno, per loro, più importante dell'anno; il giorno nel quale il sole cominciava la sua ascesa dalle tenebre, per irradiare la sua luce al mondo. Il Sol Invictus rappresentava l'emblema dell'iniziato, di colui che rinasce a nuova vita, dopo aver attraversato l'oscurità. Per le adepte al culto di Iside, era importante che il rituale si svolgesse nel giorno del solstizio di inverno, alle prime luci dell'alba.

La stanza dell'Ipogeo dei Cristallini era illuminata dalle sole fiaccole, portate da due donne incappucciate che accompagnavano il corteo delle devote nel luogo dove si sarebbe celebrato, di lì a poco, il tanto atteso rituale. Il gruppo di donne indossava il medesimo abito di color porpora, con un cappuccio a punta di colore bianco. In coda al corteo, vi erano altre due adepte con in mano delle aste, con la chiave di Iside all'estremità. Incastrate alle pareti della stanza, c'erano alcuni letti sepolcrali, rifiniti con cuscini in pietra ed impreziositi dai colori vivaci della pittura ellenica.

Quando il corteo raggiunse la stanza, il bagliore delle fiamme si irradiò alle pareti, creando un effetto spettrale: pareva che le anime incastrate nei sepolcri volessero liberarsi dalla prigione di pietra nella quale erano rimaste rinchiuse per molti secoli.

Le otto discepole si inginocchiarono al cospetto dell'effigie della dea Medusa, che dominava la parete principale della stanza, abbassarono il capo per renderle omaggio e, al contempo, sfuggire al suo sguardo. Si avvertì un profondo sospiro prima che l'intero gruppo pronunciasse dei mantra in onore dei defunti che dimoravano in quell'abisso fatto di pietra.
Gli occhi vigili di Medusa sorvegliavano le scale d'ingresso per pietrificare chiunque si fosse azzardato a violare i sacri segreti della morte; solo gli eletti potevano avere accesso ai grandi misteri della vita eterna ed assaporare il frutto della conoscenza.
Una delle adepte prese un'asta che era poggiata alla parete e, con un colpo secco, la batté sul pavimento. Ci fu subito silenzio ed una di loro si staccò dal gruppo, avvicinandosi ancor di più alla dea Medusa.
Si avvertirono altri rintocchi che accompagnarono la lenta discesa della sacerdotessa che, anch'essa incappucciata, indossava una veste rosso fuoco. Quando arrivò in fondo alla stanza, solo quella che si era spostata dal gruppo si voltò nella sua direzione. Il rintocco dell'asta si fermò e tutte ricominciarono a pronunciare il mantra.
La sacerdotessa attraversò il gruppo e si ritrovò di fronte a quella che doveva essere l'inizianda.
«Hai attraversato illesa il sacro fuoco. Hai superato le tue più grandi paure per liberarti dall'oppressione della mediocrità. Adesso rispondimi, sei pronta ad accogliere la verità e con essa la vita eterna?».
«Sì, lo sono», rispose lei.

«Allora inginocchiati e poni le tue mani sul pavimento di questo sacro sepolcro».
L'inizianda ubbidì, si chinò, così come le era stato indicato, e poggiò le mani sul pavimento.
«Che possano le anime dei defunti accompagnarti in questo ultimo viaggio», disse la sacerdotessa, adagiando le mani sul capo dell'inizianda.
Con un colpo secco dell'asta, il pavimento sembrò sgretolarsi sotto le mani dell'inizianda che ebbe l'impressione di essere risucchiata dal terreno; il mantra, le ombre alle pareti ed i fumi delle fiaccole, la fecero entrare in uno stato di estasi. Avvertì una sensazione di completa leggerezza, la sua anima si staccò dal corpo, riuscendo a vedere se stessa e le altre dall'alto del soffitto.
Stava fluttuando nell'aria quando si sentì chiamare alle spalle, "vieni a me, sarò la tua esterna dimora. Sottomettiti a me ed avrai la vita eterna". Si voltò ed incrociò gli occhi di Medusa dai quali fuoriuscì una luce intensa ed accecante; abbagliata, l'anima dell'inizianda, riuscì ad intravedere la massa di serpenti muoversi sul capo di Medusa che, d'un tratto, emise un urlo così potente e spaventoso da far vacillare le fondamenta di quel luogo sacro. L'anima fu investita dalle fiamme che fuoriuscivano dalla bocca della gorgone ed invasero ogni parte del suo corpo etereo; il cuore batteva ad una frequenza innaturale. D'un tratto si sentì risucchiata da quell'urlo e si trovò a pochi centimetri dal viso di Medusa. Adesso vedeva i serpenti ondeggiare davanti ai suoi occhi, con lo sguardo puntato verso il suo viso. Come fossero stati

richiamati dal suono del pungi, i serpenti si scagliarono contro l'inizianda che sprofondò nella tomba sottostante.

La giovane adepta avvertì un formicolio lungo il corpo e capì di essere ritornata dove tutto aveva avuto inizio, con le ginocchia e le mani poggiate al pavimento.

Era stremata, stanca, ansimava muovendo forte il petto; quel viaggio nelle tenebre le era sembrato eterno, si sentiva profondamente turbata, anche se avvertiva una sensazione di pura leggerezza che le invadeva tutto il corpo. Pian, piano, si sentiva sempre più forte e libera dalle oppressioni, una energia nuova stava prendendo possesso della sua esistenza. Anche il respiro era diverso, riusciva ad inglobare più ossigeno con meno sforzi.

La sacerdotessa l'aiutò a risollevarsi e disse, «nel sangue, per il sangue. Nella vita per la vita. Io sono te e tu sei me e dovunque tu sia, là io sono. Sono disseminato in tutte le cose, e ovunque tu voglia, tu puoi raccogliermi, ma raccogliendo me, raccoglierai te stesso. Che la potenza di Iside ti dia la forza ed il coraggio di attraversare i deserti aridi della vita terrena. Benvenuta nella tua nuova famiglia».

Al rintocco dell'asta le fu tolto il cappuccio e così fecero anche tutte le altre. Poté vedere tutta l'energia che si sprigionava dagli occhi di quelle donne, di quelle sorelle con le quali avrebbe potuto condividere il suo percorso di perfezionamento. Più di tutto, nutriva una grande riconoscenza verso la sua sacerdotessa, grazie a lei aveva scoperto un modo per sfuggire dalle ingiustizie terrene, aveva potuto apprendere una nuova consapevolezza di sé che le era servita ad annientare tutte le sue debolezze e a ravvivare il fuoco che per tanto, troppo, tempo aveva spento.

L'aveva incontrata nel periodo più difficile della sua vita, quando aveva perso la persona alla quale era più legata. Aveva una forza d'animo così travolgente da farle dimenticare tutti i momenti più bui della sua esistenza. Aveva una corporatura robusta ed un viso luminoso e disteso, segno della sua pienezza d'animo che si contrapponeva ad uno sguardo gelido ed impenetrabile.

La sacerdotessa la guardò con un ghigno di soddisfazione e si congedò con un lieve movimento della testa in segno di saluto.

L'iniziata, adesso, si sentiva pronta per affrontare le prove che l'attendevano, aveva accumulato tutta la forza di cui aveva bisogno per compiere l'ultimo atto, non voleva deludere le aspettative di chi l'aveva strappata dalla menzogna.

"Non c'è posto per il tuo sangue impuro", così pensò, rivolgendo il suo ultimo sguardo alla Dea Medusa prima di raggiungere l'uscita della cripta.

XXIV

«Signora, il battito si è stabilizzato, cerchi di non farlo agitare».

Laura si era allontanata dalla stanza per seguire le infermiere dopo l'ulteriore attacco di panico di Luca. Annuì con la testa alle raccomandazioni e ritornò in camera.

Le infermiere, seguendo le indicazioni del medico, avevano iniettato del calmante direttamente nella flebo di Luca che, adesso, appariva, agli occhi di Laura, molto più rilassato.

Si avvicinò al letto e si rimise seduta sulla sedia; allungò la mano per stringere quella di Luca e, con voce pacata, disse.

«Amore, come ti senti?».

«Molto meglio, ma ho bisogno di spiegarti», rispose Luca esausto.

«Adesso sta calmo e respira profondamente, non devi agitarti in nessun modo».

«Non sono agitato Laura, sono solo preoccupato per te. Tutto quello che ci sta accadendo è assurdo, prima il mio coinvolgimento, poi questa cosa che non ha senso. Non ci capisco più nulla», Luca socchiuse gli occhi e fece un sospiro profondo prima di ricominciare a parlare, sempre molto lentamente, «quando ero dal Colonnello, per raccontargli gli sviluppi delle mie ricerche, è arrivata la telefonata del responsabile del laboratorio di analisi con i risultati dell'indagine effettuata sui visitatori. Non immagini la mia reazione quando ho sentito il tuo nome».

«Non capisco cosa c'entri io con questa maledetta assassina», disse Laura incredula.

«Il responsabile del laboratorio ha detto al Colonnello che ci sono delle compatibilità del tuo DNA con quello del materiale biologico rinvenuto sul cadavere. Laura dimmi la verità, c'è qualche cosa che non mi hai detto? Capirei se lo avessi fatto per proteggere la dignità dei tuoi genitori».

«Luca, non starai mica dubitando della mia onestà?», Laura era dispiaciuta per le affermazioni di Luca, «sono sempre stata leale con te, sin dal primo giorno che ci siamo conosciuti».

«Ne sono certo amore mio, ma sforzati di ricordare, c'è qualcosa che hai rimosso della tua infanzia? Dobbiamo scovare questa bestia e consegnarla alle autorità. Ho paura Laura, non voglio che ti succeda nulla».

Una lacrima scese lentamente sul naso di Luca prima di arrivare al cuscino. Laura poggiò la mano sinistra sul viso di Luca ed accarezzò il suo capo, spaventata e con gli occhi lucidi disse.

«Più che mai dobbiamo essere uniti in questo momento. Ma, credimi, non so proprio come siano possibili queste coincidenze con il mio DNA. Io non ho nessuna sorella e tu lo sai».

«Ci deve essere qualcosa che ci sfugge e dobbiamo assolutamente risolvere questo enigma prima che sia troppo tardi», disse Luca cercando di risollevarsi dalla posizione supina, «devi andare dai tuoi genitori, solo loro possono sapere la verità».

«Cosa dirò al colonnello quando mi chiamerà per dirmi dei risultati? Credo che anche lui voglia ricevere qualche informazione».

«A questo ci penserò io, ho già detto al Colonnello che avrei voluto comunicarti personalmente dei risultati del laboratorio, è una persona intransigente, per me, però, credo, faccia qualche eccezione. Ma devi sbrigarti, il problema in questo momento non è certamente il colonnello».

«Luca, ma come faccio ad andarmene, chi penserà a te?».

«Devi stare serena», rispose Luca accennando un sorriso, «qui sono molto attenti e premurosi, il peggio è passato, mi rimetterò presto, te lo prometto».

«Le tue promesse sono molto labili professore, le ricordo che mi ha già promesso un viaggio».

«Avvocato, sa che io mantengo sempre le mie promesse e anche questa volta accontenterò ogni suo desiderio, ne stia certa».

«Allora mi terrò libera nei prossimi giorni», disse Laura un po' risollevata, «perché questa storia finirà presto e tu ti riprenderai come un leone. Evitiamo solo di programmare il nostro viaggio per il Nord America, non credo sia il caso di provare di nuovo il brivido delle allucinazioni».

«Sei sempre la solita, riesci a strapparmi un sorriso anche nelle situazioni più improbabili», rispose Luca, anch'egli risollevato dallo scambio di battute, «tranquilla amore mio, non preoccuparti troppo per me, adesso ho sviluppato gli anticorpi».

Sorrisero e si rianimarono a vicenda, al punto di suscitare l'attenzione delle due infermiere che si avvicinarono alla stanza e si misero a sbirciare da dietro la porta, stando attente a non farsi vedere; videro i due scambiarsi qualche sommessa risata e, quando si voltarono per ritornare verso la guardiola, una disse all'altra.

«Ll'ammor fa miracoli...».

L'altra fece un cenno di assenso prima di sedersi sulla sedia della guardiola seguita dalla collega.

Laura, dopo un po', si avviò verso la casa dei suoi genitori che si trovava non molto distante, a qualche minuto dall'ospedale Cardarelli, in Via Luca Giordano, nel quartiere del Vomero.

Nel taxi, guardava i filari di alberi che costeggiavano le carreggiate. Abbassò il finestrino per assaporarne i profumi; chiuse gli occhi e trovò un po' di pace interiore nel silenzio del mattino che, in quelle prime luci dell'alba, face riaffiorare in lei i ricordi felici della sua vita. La maggior parte della sua infanzia l'aveva vissuta proprio in quei viali, tra le gelaterie ed i pub dove amava trascorrere il suo tempo in compagnia degli amici di scuola.

I suoi genitori erano stati molto pazienti con gli sbalzi d'umore e le ansie tipiche della crescita: la scuola, i primi fidanzati, le bugie per uscire qualche volta in più.

Il padre era sempre pronto ad accompagnarla ovunque lei volesse andare e non ricordava un solo giorno che lo avesse sentito alzare il tono di voce. Parlava in continuazione dell'amore verso la sua città, anche se era molto critico verso i suoi abitanti e lo stato di abbandono che si percepiva un po' ovunque. Diceva sempre che sarebbe stato molto meglio se Napoli fosse rimasta ai Borbone e che lei avrebbe dovuto godersi il più possibile tutte le ricchezze che questi sovrani avevano lasciato. Aveva paura che, un giorno, tutto il bello di Napoli si sarebbe sgretolato, sotto gli occhi indifferenti della popolazione.

La madre, invece, mostrava un approccio meno critico verso la popolazione: amava passeggiare per i vicoli e chiacchierare con i negozianti del quartiere, comprando continuamente fiori e facendosi impietosire dai racconti dei titolari dei carrettini che si vedevano un po' ovunque, nei crocevia più importanti della città. Non mancava di lasciare mance a tutti quelli che le strappavano un sorriso. Era bella, raggiante, amava così tanto la vita da riuscire a vederne solo il lato buono. Il padre la guardava con ammirazione e pendeva completamente dalle sue labbra.

Quella felicità, Laura, la portava nel suo cuore e la custodiva con grande cura.

La portata di quello che aveva appreso da Luca poteva avere dei risvolti devastanti e l'esistenza di una figlia illegittima rappresentava un colpo molto duro che avrebbe minato, di sicuro, la solidità della coppia. Laura non era mai stata al corrente di infatuazioni che avevano preceduto la storia d'amore dei suoi genitori e non si spiegava come tutto questo potesse condurre all'esistenza di una sorella.

Fu distratta dal rumore della ruota che aveva preso in pieno una buca e dalle immediate imprecazioni del tassista. Laura pensò che le previsioni di devastazione del padre si stessero, pian piano, avverando.

XXV

La casa dei genitori di Laura si trovava in un complesso residenziale costruito agli inizi del '900, in stile liberty. La sagoma del palazzo pareva avere le sembianze di un grande abbraccio che accoglieva chi vi accedeva da via Luca Giordano, ed il colore delle facciate ricordava il rosso pompeiano.

Per accedervi, bisognava passare per un cancello che dava su un grande cortile, nel quale erano presenti quattro aiuole finemente alberate; le prime due, che costeggiavano l'ingresso, erano ben visibili dalla strada e più piccole, le altre due, molto più grandi, arricchivano di verde l'intero complesso immobiliare.

Laura attraversò il vialetto che, in occasione del Natale, veniva illuminato da piccole lucine che costeggiavano le aiuole, raggiunse la portineria e salutò lo storico portiere. Ricordava che non era mai stato così gentile quando Laura era adolescente, aveva sempre uno sguardo arrabbiato quando vedeva lei e le sue amiche giocare in cortile; solo con il passare del tempo, Laura aveva capito che quell'atteggiamento era un modo per preservare l'integrità di quelle meravigliose piante che ornavano le aiuole.

Il tempo, comunque, aveva ribaltato la considerazione del custode verso Laura, da banale adolescente ad affermato avvocato.

Arrivata all'ingresso del palazzo, bussò e, aperto il portone, raggiunse il primo piano, dove era ubicato l'appartamento dei genitori.

«Ciao papà», disse Laura lanciandosi tra le braccia del padre.

«Ciao piccola mia, come stai?».

«Molto stanca papi, è stata una nottata molto lunga».

Si lasciarono, il padre chiuse la porta e mentre si avviarono per il corridoio che portava al salone, il padre disse.

«Cosa è successo? Dimmi tutto».

«Andiamo, in salone e ti racconto. Mamma dov'è?».

«Tesoro mio, vieni qua», disse la mamma spuntando dalla porta della cucina, «fatti abbracciare».

Si strinsero forte e Laura, con la testa poggiata sulla spalla della madre, iniziò a singhiozzare.

«Amore, ma cosa è successo!», disse la madre accarezzandole i capelli, «perché stai piangendo?».

«Mamma, Luca», rispose Laura continuando a piangere.

Il padre spaventato dal pianto di Laura le mise la mano destra sulla spalla.

«Vieni in salone, siediti sulla poltrona. È successo qualcosa a Luca?».

Laura si staccò dalla madre e si avviò in salone; si accomodò sulla poltrona e così fecero i genitori sull'adiacente divano.

«Mamma, papà, Luca ieri sera è stato morso da un serpente velenoso. Fortunatamente adesso sta meglio, ma stanotte ha avuto un arresto cardiaco».

«Laura, ma cosa stai dicendo», disse la mamma portandosi le mani al viso, «ma dove è successo? Un serpente velenoso a Napoli? E' la prima volta che lo sento».
«Credimi mamma, è così. La storia è più complicata di quanto potete immaginare».
Laura nei minuti che passarono raccontò tutta la vicenda che aveva colpito, come un fulmine a ciel sereno, la tranquillità sua e quella del suo compagno.
Raccontò dell'omicidio avvenuto nel sito archeologico di Pompei, della casualità della sua presenza nel sito il giorno stesso dell'omicidio, del coinvolgimento di Luca nell'indagine e dei risultati delle ricerche che avevano portato ad indicare, come potenziale assassina, una donna.
I genitori di Laura ascoltarono stupiti ed empaticamente vicini alla sofferenza patita dalla loro figlia e da Luca. In alcuni passaggi scuotevano il capo, come a voler negare che tutto quel racconto fosse realmente accaduto.
Laura si soffermò anche a raccontare le ultime ore che aveva trascorso su una panca dell'ospedale Cardarelli a pregare per la vita di Luca.
«È stato faticoso per me sopportare tutta quell'attesa», disse Laura con voce sofferente, «ad un certo punto ho anche pensato che Luca potesse morire».
Laura portò le mani al viso e pianse.
La madre si alzò, le accarezzò il capo e andò in cucina per prepararle una camomilla, Laura restò qualche minuto sola con il padre.

«Amore di papà, ascoltami, adesso è tutto finito», disse il padre spostandosi quanto più vicino alla figlia, «Luca adesso sta bene e non dovete preoccuparvi più di nulla».

«No papà, non è finita. C'è una cosa che non vi ho ancora detto ed è il motivo del perché sono venuta qui da voi».

Intanto la mamma era ritornata nel salone con la tazza che conteneva la camomilla, la diede a Laura prima di sedersi di fianco al marito. Laura fece qualche sorso prima di ricominciare a parlare.

«Tutti i visitatori del parco sono stati convocati dai carabinieri per effettuare un test sul DNA e tra questi c'ero anche io. Sul corpo della vittima è stato rinvenuto materiale biologico che suppongono possa appartenere all'assassina».

«Non capisco però perché sei così agitata figlia mia», disse il padre, «cose del genere si sentono in continuazione».

«Papà ha ragione», intervenne la mamma, «la televisione è piena zeppa di queste vicende. Dai, adesso sta tranquilla, riposati un po' e poi, appena ti sentirai meglio andiamo tutti insieme in ospedale».

«No, mamma», disse Laura mettendosi con la schiena ritta, «come dicevo prima a papà, sono qui per un motivo specifico ed ho bisogno che voi mi diate delle risposte precise».

La mamma sbalordita dall'atteggiamento di Laura, la guardò, «cosa potremmo mai sapere di così importante?».

«Le uniche analisi che corrispondono a quelle dell'assassina sono le mie mamma», disse Laura con gli occhi lucidi, «l'assassina è una mia sorellastra, della quale, come è chiaro, io ignoravo l'esistenza».

I genitori di Laura si guardarono negli occhi per qualche istante. Tra di loro fluì, in uno scambio telepatico, tutta la storia della vita matrimoniale e delle cose che non avevano mai raccontato alla figlia, dei segreti che portavano stretti nel cuore e che, speravano, non venissero mai alla luce. Con una tristezza in volto, che partiva dal profondo del suo animo, la mamma, con occhi lucidi e con il consenso del marito che, timidamente, aveva fatto un piccolo cenno del capo, disse.
«Laura, scusaci se per tutti questi anni non ti abbiamo mai detto una cosa così importante», la madre portò le esili mani in volto e pianse. Dopo qualche istante, si asciugò le lacrime rivolgendosi alla figlia, «noi non siamo i tuoi genitori biologici».
Laura sprofondò nel cuscino della poltrona, si guardò intorno incredula che tutte quelle certezze non fossero come lei le aveva da sempre immaginate. Tutto assunse una prospettiva nuova: aveva sempre goduto di quegli ambienti come una figlia unica ed amatissima e adesso si trovava a guardare quelle stesse cose, quello stesso luogo, come se non fosse più suo. Pensava al perché di quelle bugie, al perché di quella finzione, portata avanti tutto quel tempo.
Posò la tazza sul tavolino, si alzò, in silenzio, e si avviò al balcone che dava sulla villa Floridiana, il parco del quartiere; aprì le imposte, uscì sul balconcino, poggiò le mani sulla balaustra, chiuse gli occhi e respirò profondamente l'aria salubre che si percepiva in quell'angolino, lontano dal caos di automobili che inondava, a quell'ora della mattina, la metropoli.

I genitori rimasero seduti, seguendola con lo sguardo e tenendosi per mano.

Laura stringeva con forza la ringhiera e non riusciva a pensare a nient'altro che alla delusione che provava in quel momento, alle bugie che le erano state dette in tutti quegli anni ed all'incapacità di rinvenire una valida spiegazione. Immersa nei suoi pensieri, cercava di trovare anche solo un motivo che giustificasse i suoi genitori per averle nascosto, per tutto quel tempo, le sue vere origini e malediva la sua stupidità per non essersene mai accorta, in tutti quegli anni. Si diceva, "sono un avvocato, avrei potuto capire, avrei dovuto capire……" e, mentre pensava, scuoteva il capo con gli occhi chiusi e la rabbia nel cuore.

Quando li riaprì, capì che quello era il momento della verità e che non sarebbe andata via da quella casa senza le risposte che cercava e che pretendeva di ricevere dai suoi genitori; dal padre e dalla madre che l'avevano cresciuta ed accudita.

Rientrò nel salone, asciugandosi le ultime lacrime versate, con uno scatto della mano passò le dita sotto gli occhi, e ritornò a sedersi sulla poltrona.

Fiera e risoluta, cercò di nascondere la rabbia che le martellava dentro come un martello pneumatico. Aveva uno scopo primario, che superava anche quel momento di profondo dolore: doveva scoprire l'identità della sorellastra, dell'attentatrice che si era presentata nella sua vita e aveva devastato ogni sua certezza, sabotando la quiete della sua famiglia.

«Chi è lei?», disse rivolgendosi ai genitori.

«Laura, ci devi credere», rispose la madre, «non sappiamo chi sia questa persona».

«Credere? io dovrei credervi? Dopo tutti questi anni di bugie, voi mi state chiedendo di credervi?».

«Si, Laura», intervenne il padre, «ti chiediamo scusa per averti mentito. Ma l'abbiamo fatto per proteggerti, non potevamo sapere che sarebbe accaduto tutto questo».

«Avevate il dovere di dirmi la verità», rispose Laura serrando le labbra, «adesso voglio che mi raccontiate tutto e questa volta senza tralasciare nulla. So proteggermi anche da sola adesso papà, non ho bisogno del vostro aiuto».

Il volto dei genitori si trasformò in una maschera di dolore, erano spaventati dalla durezza delle parole di Laura e da ciò che avrebbe significato per loro. Sapevano entrambi che quel giorno sarebbe arrivato e la loro figlia aveva tutte le ragioni per reagire in quel modo.

Con le mani che si tormentavano e la tristezza in volto, il padre cominciò a buttare fuori tutta la verità.

«Figlia mia, ho scoperto di essere sterile poco dopo il nostro matrimonio. Sapere di non poter essere genitori aveva minato il nostro progetto di vita. Fu un periodo molto difficile, eravamo nervosi, distanti e ricordo ancora quei silenzi interminabili. Sembrava che ci incolpassimo a vicenda per qualcosa che nessuno di noi due poteva immaginare, io, più di tua madre, mi sentivo inutile e mi ero chiuso nel mio silenzio. Prima di trasferirci qui, abitavamo in una piccola casa nei pressi di corso Umberto, in una zona molto caotica. C'erano bambini ovunque e questo non aiutava il nostro stato d'animo, ogni occasione era buona per scappare e trovare riparo in qualche parco o chiesa più silenziosa, più adatta alla nostro stato d'animo. Uno di quei giorni, decidemmo di andare a pregare nella basilica dell'Annunziata in cerca, forse, di un miracolo, di una speranza. E, mentre eravamo entrambi inginocchiati, sentimmo dei pianti di neonati provenire dal vicino convitto». Il padre si fermò, guardò la moglie, ricordando quel momento, poi, tornò con lo sguardo su Laura e continuò, «quella volta non avvertimmo la sensazione di frustrazione, ma nel nostro cuore sentimmo un bagliore di speranza, la speranza di diventare genitori».

Laura, pietrificata ed incredula, rimase tutto il tempo in silenzio ad ascoltare il padre, senza mostrare alcuna emozione.

«Cercammo qualcuno a cui chiedere delle informazioni», il padre continuò commosso, «sapevamo che in quella basilica, un tempo, era in funzione la ruota degli esposti e che, anche se non più in uso, le monache accoglievano ancora i neonati che venivano abbandonati. Finalmente, trovammo una suora che ci accompagnò in una grande sala dove c'erano tutte culle, e, dentro, i neonati che venivano chiamati i figli "ra Maronn". Guardammo ogni neonato e poi vedemmo te. Avevi quegli occhietti vispi e quelle guance rosse che avrei preso a morsi», una lacrima si diramò tra le rughe del viso del padre mentre continuava il suo racconto, «io e tua madre, senza dire parola, avevamo già deciso, ci guardammo e quello sguardo fu l'inizio di una nuova vita. Quella stessa vita, che avevamo perso, era ritornata, come un boato, nella nostra esistenza. Laura, tu sei stata la nostra salvezza, il nostro anello di congiunzione e non avremmo mai voluto mentirti, ma la paura di perderti era tale, per noi, da giustificare ogni nostra azione. Tante volte abbiamo tentato di dirti la verità, ma la tua felicità era così travolgente che non volevamo minarla. Ma più di tutto, era il nostro egoismo: avevamo paura che, scoprendolo, avresti nutrito il desiderio di trovare i tuoi veri genitori e, una volta che questo fosse successo, ti saresti dimenticata di noi».

Laura vide il padre stringere le mani alle ginocchia e piangere, la mamma gli accarezzò il capo e da quel piccolo gesto d'amore capì tutto.

Nessuna emozione sul viso di Laura, nessun movimento del capo, solo una lacrima sottile scese dall'occhio destro e si tuffò nella quiete surreale della sua anima.

XXVI

«Pronto colonnello».

«Professore, buon pomeriggio. Ho appena saputo del suo incidente e volevo sapere delle sue condizioni di salute».

Luca si era completamente ripreso, il medico aveva dato autorizzazione a staccare tutte le apparecchiature ed era il momento, per lui, di lasciare l'ospedale.

«Adesso molto meglio, grazie colonnello», rispose Luca mentre era seduto sul letto dell'ospedale, «sono stato appena dimesso».

«Sono contento che si senta meglio», disse il colonnello, «magari potremmo vederci, così mi racconta bene come sono andate le cose. Il suo assistente mi ha detto poche cose e molto confuse».

«Mi scusi se l'ho fatta chiamare dal mio assistente, non sapevo come avrei potuto fare diversamente».

«Stia tranquillo professore, capisco. Immagino che non abbia avuto ancora modo di parlare con la sua compagna. Mi spiace farle questa domanda proprio adesso, ma il tempo passa ed abbiamo bisogno di vagliare tutte le strade possibili».

«Si, si, colonnello», disse Luca, «qualche ora fa ho comunicato a Laura il risultato delle analisi. Come le avevo detto, Laura non ha sorelle, è figlia unica ed è rimasta molto colpita da questa notizia. Le ho consigliato di parlare con i suoi genitori per cercare di risalire alle origini di questa sorellastra. Proprio in questo momento, è lì. Appena avrò notizie più certe, mi presenterò con lei in caserma».

«Mi raccomando professore, comprendo il coinvolgimento emotivo. Le ho dato la mia fiducia, ma non mi metta in difficoltà».

«La ringrazio, stia tranquillo».

Staccarono il telefono e Luca si alzò dal letto per andare a recuperare gli abiti e tutte le sue cose che erano state poggiate in un armadietto della stanza.

Lo squillo del telefono risuonò di nuovo e Luca pensò che potesse essere il colonnello che aveva dimenticato di riferirgli qualche altra notizia; era consapevole che l'intreccio emotivo che si era creato fosse molto scomodo per De Fazio e la fiducia che questi gli aveva accordato era un rischio che avrebbe potuto minare per sempre la carriera professionale del colonnello.

Luca si indirizzò verso il letto dove aveva lasciato il cellulare. Si era sbagliato, chi lo stava chiamando non era il colonnello.

«Ciao, Roberto».

«Ciao, Luca», rispose con tono cordiale Roberto Fortunato, «ho saputo del tuo incidente e volevo accertarmi delle tue condizioni di salute».

«Beh, che dire, non è da tutti essere morsi da un serpente velenoso in una chiesa nel pieno centro di Napoli», rispose Luca stupito dalla telefonata, «comunque adesso sto bene, mi hanno appena dimesso, grazie».

«Sono contento che ti sia ripreso e spero che tu non ti sia infastidito per il fatto di averti coinvolto nella storia di quell'omicidio nel parco».

Luca avrebbe voluto trasmettergli tutta la sua frustrazione per quanto stava accadendo, ma non ebbe il coraggio di rovinare quel dialogo così inaspettatamente conciliante da parte di Roberto.

Mentre cercava di infilare le scarpe, tenendo il cellulare bloccato tra la spalla e la guancia, disse solo, «non preoccuparti, anzi ti ringrazio per avermi segnalato al colonnello De Fazio, lo apprezzo molto».

«E chi avrei potuto indicare se non il maggior esperto di archeologia e storia dell'arte? Comunque, adesso riguardati e vediamoci presto, ho delle novità importanti di cui vorrei metterti a conoscenza».

«Ti chiamo io, promesso», così concluse Luca, prima di interrompere la conversazione. Adesso si sentiva in colpa per averlo trattato con sufficienza in molte occasioni e per la ritrosia che l'aveva accompagnato sin dal giorno che aveva saputo che era stato proprio lui ad indicarlo agli inquirenti.

Ripose le ultime cose nello zaino che gli aveva recuperato il personale di sala e si allontanò verso la sala delle infermiere per restituire il caricabatterie. Quando ritornò, sentì nuovamente squillare il suo cellulare sul comodino e vide che era Laura. «Amore, come va? È tanto che non ti sento».

Luca sentì uno strano silenzio e capì che Laura non era in presenza dei genitori. Percepì, dai respiri costanti ed irregolari, che Laura aveva pianto o stava per farlo.

«Laura, cosa è successo?», chiese Luca agitato.

«Luca, sto male», rispose Laura piangendo, «non capisco più niente, questa storia è surreale».
«Laura, sei ancora dai tuoi genitori? Vengo subito».
«Si, Luca, sono a casa dei miei, mi sono chiusa nella mia vecchia camera a rovistare negli scatoloni di famiglia».
Luca avvertì tutta la disperazione di Laura e avrebbe voluto esserle più di conforto. Con i pugni serrati dalla rabbia disse, «amore, io ci sono. Dimmi cosa è successo».
«Luca, loro non sono i miei genitori».
Luca trasalì a quella rivelazione, pensò a quanto poteva essere difficile per lei quel momento. Non poteva lasciarla da sola, doveva assolutamente raggiungerla. Cominciò a vagare per la stanza, con il cellulare all'orecchio, in cerca delle sue cose.
«Laura, arrivo subito. Aspettami, ti amo».
«Anche io ti amo».
Quando Luca arrivò in casa dei genitori di Laura, avvertì immediatamente tutta la disperazione che quella notizia aveva causato. Il padre di Laura era pallido e con gli occhi rossi dal dolore, la sua disperazione era visibile nello sguardo spento. Era immobile, seduto sul divano con le braccia conserte. Quando Luca lo vide, non riconobbe in quell'uomo la stessa persona gioiosa ed ironica di sempre, sembrava aver perso dieci anni di vita ed, a stento, lo salutò.
La madre cercava di distrarsi in cucina spostando tutto quello che le capitava tra le mani; anche lei, come il marito, aveva i segni del dolore in volto e cercava di nasconderli evitando di incrociare lo sguardo di Luca.
«Ciao Luca, come ti senti», disse lei, «Laura ci ha detto che sei stato in ospedale».

«Mi sento molto meglio, grazie».
«Vuoi un caffè?», chiese la madre di Laura, ansimando per l'agitazione.
«No, grazie. Laura?».
La madre si portò le mani tremanti al viso, come se volesse piangere, fece un colpo di tosse e, trattenendo le lacrime, disse, «è in camera sua».
Luca si avviò verso la stanza, passando per un corridoio buio pieno di mobili vecchi tenuti perfettamente in ordine dalla padrona di casa; l'unica porta dalla quale arrivava un po' di luce era proprio quella di Laura. Cercò di aprirla, ma era chiusa a chiave.
«Laura sono Luca, mi apri?».
Si sentirono subito dei passi svelti e Laura spalancò la porta. Si lanciò tra le braccia di Luca, un abbraccio interminabile.
Aveva i segni delle lacrime sul viso e gli occhi iniettati di sangue. Singhiozzava sulla spalla di Luca e lui le accarezzò i capelli per tranquillizzarla.
«Amore mio», disse Luca stringendola, «tranquilla, ci sono qui io adesso».
Laura, ancora in preda alla disperazione, si staccò e si avviò nella stanza. Luca rimase sorpreso nel vedere quel cumulo di scatoloni, con foto sparse un po' ovunque. Al centro della stanza c'erano diversi album fotografici messi a semicerchio. Laura si mise seduta a terra e, tra tutto quel disordine, prese delle foto tra le mani.
«Vedi queste Luca? Le vedi? È tutta una messinscena, è tutto falso. Falso, com'è falsa tutta la mia esistenza. Chi sono io?».

Prese le foto e se le portò al petto, «mi hanno mentito per tutta la vita, lo capisci? Perché, perché? Io non lo meritavo tutto questo».

Lasciò le foto cadere e con i gomiti sulle ginocchia e le mani al viso, pianse disperata.

Luca si accovacciò e abbracciò Laura da dietro le spalle.

«Amore, capisco che sia difficile. Non devi avercela con loro. Sono stati sempre amorevoli con te e ti hanno dato tutto quello che potevano per farti crescere felice. Ci sarà un motivo dietro questo silenzio».

«Non c'è nessun motivo», rispose lei manifestando tutta la sua rabbia, «niente di niente».

«Sei molto scossa amore», disse Luca cercando di sollevare Laura, «vieni con me, siediti sul letto, ci sarà modo di chiarirti con i tuoi genitori, sono persone speciali e piene d'amore per te. Sono certo che non ti farebbero mai del male e, se hanno sbagliato, cercheranno di trovare un modo per dimostrarti tutto il loro affetto».

Luca si sollevò dando una mano a Laura ad alzarsi, si baciarono e si sedettero sul letto. Luca le prese la mano e disse.

«Raccontami tutto amore.»

«Luca», rispose Laura guardandolo negli occhi, «mi hanno detto che sono stata adottata da neonata. Mi è stato cambiato anche il cognome, mi chiamavo Laura Esposito».

«Quindi sei stata abbandonata dai tuoi genitori biologici?».

«Si, proprio così, sono tra quelli che vengono chiamati i figli della madonna. Di questa sorella o sorellastra mi hanno giurato di non sapere nulla. Dopo tutto, chissà, se riuscirò più a credergli».

«Non devi essere troppo dura nei loro riguardi», disse Luca poggiando la mano su quella di Laura, «se ti hanno tenuto all'oscuro sulla tua adozione, non significa che ti stiano mentendo anche adesso. Anzi, credo proprio che abbiano fatto molta fatica a tenere nascosta una cosa del genere», Luca continuò, mostrandole un sorriso amorevole, «dai, andiamo in salone».

«No, Luca», disse Laura, «non me la sento adesso. Non prima di essere andata nel luogo dove tutto ha avuto inizio. Voglio che mi porti nella Basilica dell'Annunziata».

«Farò quello che mi chiedi», rispose Luca acconsentendo con il capo, «adesso torniamo a casa nostra, domani andremo alla Basilica».

XXVII

«Ti ho detto che non è prudente vederci. Sai bene che dobbiamo mantenere una certa discrezione in questo momento. Dimmi adesso, ma fai presto».
«Ho fallito, il veleno ha contaminato il suo sangue, ma non lo ha ucciso. Sono riusciti a salvare quel bastardo».
«Maledetto! non doveva andare così. È solo colpa tua, adesso trova il modo di rimediare».
Avevano trovato un punto isolato per potersi incontrare, nella parte più estrema del colonnato della Basilica di san Francesco di Paola, lontano da occhi indiscreti e nascosti nel cappuccio dei rispettivi giubbotti. Piazza del Plebiscito, a quell'ora, si spopolava e la carenza di illuminazione garantiva una certa riservatezza. Il fallimento per non essere riuscita ad eliminare il professore, la mortificava. Le indicazioni che le erano state impartire erano precise e lei le aveva eseguite con minuziosa diligenza. Non c'era nulla che avrebbe potuto fare diversamente, ma sapeva che quel passo falso avrebbe pesato molto sul suo percorso iniziatico.
«Sono rammaricata per non essere riuscita ad ammazzarlo, rimedierò, hai la mia parola. Adesso sono pronta a compiere l'ultimo atto, ma, ti prego, non mi lasciare sola, ho bisogno di te».

Pendeva dalle sue labbra, dall'espressione estasiata del suo viso era evidente che il suo trasporto andasse ben oltre la sola ammirazione; c'era qualcosa in più, che la teneva ancorata a quella relazione malata, un sentimento più profondo che non riusciva a decifrare perfettamente, ma che sapeva aver raggiunto un punto di non ritorno.

«Quello che è accaduto non deve ripetersi, ne va del tuo percorso di iniziazione agli antichi misteri. Quando tutto sarà compiuto, potremmo beneficiare della nostra ricompensa. Non possiamo permetterci di fallire ulteriormente».

Ammirava quella ragazza minuta che aveva riposto tutta la propria esistenza nelle sue mani. Era consapevole di avere il pieno controllo delle sue emozioni e, con esse, delle sue azioni. Aveva la certezza che avrebbe esaudito ogni sua richiesta come, d'altronde, già aveva dimostrato. Conosceva tutto di lei, le sue origini, le sue più intime paure e la sua necessità di ricevere amore. Le aveva fatto credere che lo avrebbe avuto, quell'amore, ma non sarebbe mai accaduto veramente.

Quando si accorse che l'iniziata aveva accolto il suo malcontento con la giusta dose di umiliazione, cambiò radicalmente registro e, con un accenno di sorriso, cercò di alleviare la tensione.

«Adesso basta. Non pensiamo più a ciò che è stato, abbiamo un compito da svolgere ed il percorso potrebbe presentarsi molto più insidioso di quanto non lo sia già».

«Non ti deluderò più, lo prometto. Ho già pianificato tutto nei minimi dettagli, non ci saranno più sorprese, il mio processo di trasfigurazione si è avviato e non posso permettermi di avere ulteriori intoppi nel percorso. Iside mi ha aperto la strada, sono una sua discepola adesso».

«Bene, molto bene, allora fa ciò che ti ho detto, purifica la tua esistenza con l'eliminazione di ciò che la contamina. Il sangue che scorre nelle tue vene deve appartenere solo a te. Se fallisci non ci sarà spazio per te tra gli eletti, hai la tua occasione, so che non mi deluderai. Ma devi restare nell'oscurità, nessuno deve vederci insieme e non cercarmi se non è strettamente necessario».

«Per amore della perfezione e della bellezza. Per la tua riconoscenza, farò l'ultimo sacrificio necessario. Nel sangue, per il sangue. Nella vita per la vita. Io sono te e tu sei me e, dovunque tu sia, là io sono, e sono disseminato in tutte le cose e, da qualsiasi parte tu voglia, tu puoi raccogliermi, ma raccogliendo me, raccoglierai te stesso».
«Sei pronta», rispose scomparendo furtivamente tra le statue equestri della piazza.
L'iniziata, rimasta sola, alzò lo sguardo, socchiuse gli occhi e tirò un sospiro energico. Quando lì riaprì fece una smorfia di disgusto mista a soddisfazione, immaginando Laura e quello che, di lì a poco, avrebbe fatto; alzò gli occhi al cielo e, vedendo la luna piena, pensò che le mancasse poco tempo e che la metamorfosi dovesse completarsi prima che questa avesse raggiunto il suo ultimo quarto.

XXVIII

«Vieni con me Lucia».

Alla fine dell'ora sesta, che si teneva a mezzogiorno in cappella, suor Maria cercò di attirare l'attenzione di Lucia chiamandola dal banco posteriore. Lucia, che era ancora inginocchiata, si voltò per capire chi la stesse chiamando e, accorgendosi che si trattava di Maria, si alzò e si avvicinò alla sorella.

«Dimmi, hai qualche novità?», chiese Lucia.

«Si, ma non è il caso di parlarne qui», Maria si guardò intorno per verificare che non ci fossero altre sorelle all'ascolto, «ci vediamo in biblioteca, a quest'ora non dovrebbe esserci nessuno».

Suor Lucia annuì con il capo e, per non dare nell'occhio, separatamente, si avviarono verso la biblioteca del convento. Maria passò prima dalla segreteria del Convento e, quando arrivò in biblioteca, trovò Lucia seduta ad una delle tavole utilizzate, di solito, per la lettura. Alle monache era concesso accedere alla biblioteca solo in alcune ore del giorno, quella scelta dalle sorelle non rientrava tra quelle.

«Devo dirti una cosa importante Lucia», disse Maria sedendosi di fronte alla sorella, «sono riuscita ad accedere ai registri, ma non chiedermi come».

Lucia era emozionata dalla notizia e si mise all'ascolto senza fiatare.

«Lucia, ascolta. Nel giorno che mi hai segnalato, il 13 giugno del 1968, effettivamente ci sono due ingressi. Un bambino ed una bambina».

Gli occhi di Lucia brillarono di gioia alla notizia che di lì a poco avrebbe scoperto l'identità della figlia.

«Nelle annotazioni non è riportato nulla e le condizioni di salute dei neonati, trascritte all'ingresso, risultavano ottimali».

Lo sguardo di Maria si abbassò, lasciando trasparire un velo di tristezza. Lucia non capì il perché di quell'improvviso cambio di umore della sorella e cominciò a preoccuparsi che quelle che stava per ricevere non fossero delle buone notizie. Inarcò la schiena che, poi, appoggiò allo schienale della sedia.

«Perché hai questa espressione?», chiese Lucia con voce lieve e triste.

Maria alzò lo sguardo e, con gli occhi che lasciavano intravedere tutto il suo dispiacere, rispose, «Lucia, ho approfondito le ricerche, nella speranza di trovare qualche ulteriore notizia che potesse essere utile alle tue ricerche, ma quello che ho trovato non ti piacerà».

«Dimmi tutto Maria, adesso, più che mai, ho bisogno di sapere la verità», Lucia sospirò e chiuse, per qualche attimo, gli occhi.

«Dalla lettura dei verbali, ho appreso che il bambino è stato adottato all'età di tre anni», Maria distolse lo sguardo per qualche secondo prima di ricominciare, «la bambina è volata in cielo, tre giorni dopo il suo ingresso nella struttura. Mi dispiace molto».

In pochi giorni, Lucia aveva perso entrambi i figli. La penitenza che avrebbe dovuto osservare, per il peccato che aveva commesso, era stata molto più onerosa di quella che avrebbe potuto immaginare. Aveva scelto di entrare in convento per espiare le sue colpe e per chiedere a Dio di essere clemente con lei e con i suoi figli; pensò che tutta la sua angoscia non fosse bastata, tutte le sue scelte successive, la vita di preghiera, la dedizione ai lavori del convento, la solidarietà verso i più bisognosi, tutto questo non era servito a salvare la vita dei suoi figli. Adesso per lei iniziava un nuovo capitolo, più triste di quello che aveva vissuto sino ad allora; avrebbe odiato se stessa, avrebbe odiato quel maledetto 13 giugno del 1968, quando aveva barattato la sua vita con quella dei suoi figli.

Suor Maria si alzò, fece scivolare una mano sulla spalla di suor Lucia, e si allontanò lentamente dalla biblioteca.

Lucia restò sola, nel silenzio della stanza, con mille pensieri che riaffioravano nella sua mente, mille altre volte avrebbe sofferto in silenzio, nel chiuso della sua cella. Pensò che avrebbe potuto salvare la vita dei suoi figli, se solo avesse combattuto contro la zia, le cugine e contro una società giudicante e retrograda. Alzò le mani e, guardandole, le sembrò di vedere il sangue dei figli scorrere tra le sue dita.

"Sì", pensò, "li ho uccisi io, sono la sola colpevole della loro morte. Anzi no, non ero sola, anche tu sei colpevole. Eri tu l'uomo, avresti dovuto combattere per me e per i tuoi figli, invece sei scappato come un vigliacco".

Lucia portò le mani al capo coperto, sul viso grondavano lacrime di rabbia, mentre stringeva i denti in cerca di dolore.

"E' solo colpa nostra, non mi perdonerò mai e non perdonerò mai te."

Quando, però, Lucia pensò a Pietro, non riuscì veramente ad odiarlo, così come avrebbe voluto: in cuor suo, provava ancora qualcosa nel ricordare quella storia d'amore, la sua storia d'amore.

Sentì alcune voci provenire dal corridoio e, velocemente, si asciugò gli occhi, si rimise in piedi, deglutì energicamente e si avviò verso la porta. Esitò un attimo prima di aprire, abbassò la maniglia e si indirizzò verso la sala da pranzo.

Attraversò il corridoio, incrociando le sorelle lungo il percorso, ma avvertì la sensazione che stesse camminando da sola, non sentiva alcun rumore o presenza. Alzò gli occhi al cielo e vide, sulla porta, l'immagine della Madonna con Gesù tra le braccia. Mancavano pochi giorni al Natale e Lucia sentì il conflitto con se stessa tra il dover festeggiare il giorno della nascita di Cristo, come suor Lucia ed il disperarsi per il suo terribile lutto, come Margherita Dibassi. Con questo dubbio nel cuore e con il peso della sua coscienza, si confuse tra lo scuro degli abiti monacali, incolonnata con le sorelle, in attesa di poter accedere alla mensa.

XXIX

La mattina del 22 dicembre, Luca, come promesso, accompagnò Laura alla Real Casa Santa dell'Annunziata. Il quartiere di Forcella, dove sorgeva la Basilica, era gremito di persone che si accalcavano per acquistare le vivande che avrebbero consumato la notte della vigilia. Un odore pungente di pesce si disperdeva nei vicoletti che costeggiavano la chiesa; i pescivendoli, nei giorni che precedevano la vigilia, lavoravano incessantemente buttando, in grossi bidoni, le viscere dei pesci che avrebbero allietato i banchetti dei napoletani.

Quell'odore aveva accompagnato l'infanzia di gran parte del popolo napoletano ed anche per Luca e Laura, entrare in quei vicoli, era come viaggiare nel passato.

A Laura vennero in mente le sue vigilie, l'aria felice che si respirava in casa. Quelle occasioni familiari che, come rituali, si ripetevano costantemente, senza mai stancare i partecipanti. Sembrava quasi che si leggessero dei copioni già scritti, letti e riletti mille volte. Il padre che entrava con la spesa e che, puntualmente, si compiaceva della sua arguzia negli acquisti. La madre che lo assecondava rivolgendo lo sguardo verso Laura e facendo delle smorfie di scherno.

Era meraviglioso raccontarlo alle amiche il giorno successivo ed apprendere che quelle cose accadevano un po' in tutte le famiglie.

Mentre i ricordi si facevano spazio nella sua mente, quasi ad esorcizzare quel difficile momento, il viso di Laura sembrava più disteso del giorno prima. Luca notò quel particolare e, mentre si incamminavano su Via dell'Annunziata.

«A cosa pensi?», chiese a Laura.

«Ho tanti ricordi impressi nella mente», rispose lei fissando lo sguardo in avanti, come fosse assente, «non ci credo ancora Luca. Siamo qui a cercare di capire qualcosa del mio passato, quando questo è già nella mia testa. Sono confusa e triste. Perché arrivare fino ad oggi per dirmelo? E se non ci fossimo imbattuti in questa vicenda del cazzo, non avrebbero mai detto nulla», si voltò verso Luca e continuò, «forse sarebbe stato meglio così, questo segreto sarebbe morto con loro ed i nostri piani non sarebbero mutati, la nostra vita sarebbe andata così come l'avevamo pianificata».

Luca, perplesso da quello che stava dicendo Laura, commentò,

«non capisco a cosa ti riferisca, i nostri piani non subiranno nessuna conseguenza da questa notizia».

«Amore mio», disse Lucia con gli occhi lucidi, «il sangue che scorre nelle mie vene non è quello dei miei genitori. Non so nulla della storia della mia famiglia biologica: se ci fossero casi di malattie genetiche, ad esempio, metterebbero a rischio sia la mia vita che quella dei nostri figli. Forse è proprio per questo motivo che sono stata abbandonata, forse uno dei miei genitori biologici era malato».

Luca allungò il braccio verso il collo di Laura e, con la mano sulla spalla, la strinse verso di lui. Laura poggiò la testa sulla spalla di lui e, camminando, chiuse gli occhi, facendosi cullare da quell'abbraccio.

«Amore, insieme supereremo ogni cosa. Nessuno di noi conosce il proprio destino, l'unica cosa che ci è concessa è di lavorare sul nostro presente. Il passato è scritto, il futuro possiamo ancora indirizzarlo, e ciò di cui sono certo in questo momento è che lo scriveremo insieme, qualsiasi cosa accada, oggi o domani».

Laura si rasserenò alle parole di Luca, poteva contare sul suo amore, ne era certa. Lei lo amava più del primo giorno e si fidava delle sue parole, era un uomo saldo nei principi e di una spiccata intelligenza. Laura era consapevole che Luca cercava di dissimulare il suo stato d'animo per proteggere lei e la sua famiglia. Avvertiva la sua preoccupazione, ma allo stesso tempo, lui appariva determinato nel voler risolvere quella vicenda ed individuare l'assassino, prima che le cose potessero ulteriormente degenerare.

Quando arrivarono in prossimità del foro nel quale, un tempo, venivano lasciati i bambini abbandonati, per Laura fu un momento molto toccante: si avvertiva tutta la disperazione di quel gesto che avrebbe segnato la vita del bambino, ma anche quella dei suoi genitori.

Lo spazio vuoto era stato riempito da un'epigrafe che riportava la data di chiusura della ruota degli esposti, 27 giugno 1875.

«Luca, ma se la ruota è stata chiusa nel 1875, com'è possibile che i miei genitori mi abbiano lasciata qui?».

«La ruota è stata chiusa definitivamente in quell'anno, ma le monache hanno continuato, anche negli anni successivi, ad accogliere i bambini abbandonati».

Al complesso monumentale si accedeva da un cancello ubicato sulla sinistra della basilica. La cornice del portone d'ingresso era finemente decorata con richiami floreali intagliati sul marmo chiaro, in netto contrasto con il grigio del porticato, in piperno. Quell'effetto esaltava i bassorilievi della cornice, sulla cui sommità dominava la vergine Maria con il manto aperto in segno di misericordia e accoglienza.

Dal porticato, si intravedeva l'ampia corte con le scale di accesso alle aree museali e all'archivio degli ospiti della struttura. Appena varcata la porta, sulla sinistra si accedeva all'area nella quale si poteva osservare la ruota degli esposti, così come si era mantenuta nel tempo, un piccolo ambiente con un minuscolo lavabo.

Luca e Laura non avrebbero avuto il tempo per ripercorrere i percorsi delle fanciulle e delle monache che si erano dedicate, per anni, all'accoglienza e decisero di dirigersi direttamente verso l'archivio.

Salirono le scale e seguirono le indicazioni che portavano ad una grande sala nella quale erano riposti, su vecchi scaffali chiusi, i tomi contenenti i registri degli esposti.

Presero il corridoio che costeggiava la sala e si trovarono fuori alla porta del responsabile dell'archivio.

Bussarono e si udì una voce all'interno che li autorizzava ad entrare.

Dietro alla scrivania c'era un uomo magrolino, sulla sessantina, calvo, con una barba incolta a chiazze e con

occhiali da vista, sottili, in metallo; indossava una felpa di colore azzurro e, con la testa china, digitava velocemente i tasti del cellulare.
Senza alzare lo sguardo, disse.
«Cosa cercate?».
«Buongiorno», rispose Luca, già infastidito dall'atteggiamento noncurante del funzionario, «sono il Professore Luca Manfredi ed abbiamo bisogno di consultare il registro degli esposti del 1968».
Il responsabile posò il cellulare sulla scrivania e alzò lo sguardo in direzione di Luca. Con aria provocatoria rispose, «gli archivi sono consultabili su prenotazione, potete scaricare i moduli sul sito del comune, compilarli ed inviarli a mezzo PEC. Saremo noi a contattarvi».
Riprese il cellulare dalla scrivania e ritornò nella posizione precedente.
Luca cercò di mantenere la calma prima di riprovare a convincere il funzionario. Fece un respiro profondo, guardò Laura e, rivolgendosi al funzionario, insistette, «abbiamo bisogno con urgenza di visionare l'archivio, ci sono questioni importanti di cui non posso discutere adesso. Sia gentile e ci faccia accedere agli archivi».
Il responsabile, con aria impassibile, rialzò gli occhi dal cellulare,
«non so lei chi sia e cosa voglia da me. Le ripeto, i registri sono vincolati dall'art. 122 del codice dei beni culturali e possono essere consultabili solo previa richiesta», con aria appesantita dalle richieste, borbottò stufo, «adesso scendo e mi vado a giocare il 13, 14 e 68 sulla ruota di Napoli. Sarà un

segno, prima i carabinieri, ieri le monache e oggi il professore, sembra na' barzelletta, bah…».

Laura cambiò espressione di fronte a quell'atteggiamento rigido e scortese del responsabile, conosceva abbastanza la norma e, qualche anno prima, si era imbattuta in una causa di legittimazione testamentaria che aveva previsto la medesima consultazione.

Si avvicinò alla scrivania e, poggiativi i pugni, disse, «senta, adesso le chiarisco bene chi siamo. Quello che ha appena arronzato è uno stimato professore della Federico II di Napoli, apprezzato in tutto il mondo accademico e non solo. Io sono un avvocato e mi creda che se non otterremo quello che cerchiamo, oggi stesso, il mio consiglio è quello di trovarsi un buon difensore».

«Mi sta minacciando?», rispose il responsabile, visibilmente basito e con la bocca semi aperta.

«Le sto offrendo un'opportunità di risolverla tra persone intelligenti», ribatté Laura, «la norma che ha richiamato e che vieta la consultazione, è applicabile fino ad un massimo di cinquant'anni della data del documento, quindi, a conti fatti, il termine è spirato».

Il funzionario vide penzolare dal collo di Laura la medaglietta di riconoscimento dei bambini che avevano frequentato quelle mura e tirò fuori dalla sua felpa una collanina con la medesima incisione.

«Da quello che vedo, condividiamo lo stesso passato, avvocato».

Laura si voltò per qualche istante verso Luca, stupita da quel momento bizzarro. Ritornò a guardare il funzionario e disse.

«Ma cosa significa?».

«Avvocato, quello che lei ha al collo è il segno di riconoscimento dei bambini che sono stati ospiti di questo posto. C'è anche inciso il numero di matricola, guardi bene».

Laura prese in mano la mediaglietta, «ho sempre pensato che fosse un regalo dei miei genitori e che il 68 inciso facesse riferimento al mio anno di nascita», si risollevò dalla scrivania e si avvicinò a Luca, «che stupida sono stata, avevo la verità attaccata al collo e non gli avevo dato la minima importanza».

«Non dire così», disse Luca, «non potevi saperlo».

«Vabbè», esordì il funzionario, «mi avete convinto, non ho bisogno di alcun documento, mi basta quello che ho visto. È stata fortunata che i registri ed i verbali di ricezione adesso siano digitali. Le stampo il suo verbale di ricezione e la documentazione allegata».

«Grazie», rispose Laura con un sorriso.

«Non mi ringrazi. In fondo siamo entrambi figli della stessa mamma. Nui simm e figli ra Maronn».

Luca e Laura uscirono con i documenti recuperati dall'archivio. Subito balzò all'occhio che il giorno dell'ingresso di Laura coincideva con il giorno di uscita. Questo corrispondeva perfettamente con il racconto dei genitori di Laura, ma non c'era nessuna annotazione che potesse farli risalire ai genitori biologici. Nessuna cartula, nessuna lettera. Si allontanarono con la delusione scalfita in volto e decisero che era il momento, per Laura, di incontrare il colonnello De Fazio.

XXX

«Buongiorno colonnello, come promesso, siamo qui».
«Professore, ero certo che sarebbe venuto. Vedo che si è ripreso, dopo mi spiegherà bene i dettagli di quanto le è accaduto».
Laura e Luca erano seduti di fronte alla scrivania del colonnello che, come da prassi, doveva redigere il verbale con la deposizione di Laura.
«Avvocato, lei sa perché è qui. Immagino che il professore le abbia accennato ai risultati del laboratorio».
«Si, colonnello», rispose Laura.
«Allora le farò qualche domanda, le anticipo che non è un interrogatorio e che mi sto solo avvalendo della sua collaborazione», il colonnello spostò la sedia in direzione del computer, mise gli occhiali e continuò, «dove si trovava il pomeriggio di martedì, 18 dicembre 2018?».
«Ero con dei colleghi nel parco archeologico di Pompei», rispose Laura.
«Può affermare di essere stata sempre con loro?».
Laura, nel ricordare l'itinerario che aveva fatto con i suoi colleghi, mise a fuoco un dettaglio.
«Non sempre».
Luca guardò Laura sbigottito dalla sua risposta. Aveva sempre pensato che fosse stata tutto il tempo con i colleghi.

Laura si accorse della reazione di Luca e gli prese la mano, accennando un movimento del capo.

«Mi spiego meglio», disse Laura rivolgendosi al colonnello, «a metà della strada, verso l'uscita di Porta Marina, una donna mi ha urtata con violenza, andava in direzione opposta al flusso di turisti e mi ha preso la spalla. Quando siamo arrivati all'uscita mi sono resa conto che, nell'urto, avevo perso la collanina che ho al collo e sono ritornata, da sola, indietro, per cercarla».

«A che ora succedeva questo?», chiese il colonnello.

«Dovevano essere le 17.30, o giù di lì, ricordo che il parco era in chiusura».

«Avvocato, quanto tempo è stata lontana dal gruppo di colleghi?».

«Il tempo di ritornare indietro. Non è stato facile trovare la collanina tra le pietre della pavimentazione, ci tengo molto, l'ho sempre avuta al collo ed oggi ha un valore ancor più importante. Sarà trascorsa una mezz'ora, credo».

Il colonnello si fermò qualche istante, tolse gli occhiali e si rivolse verso Luca e Laura.

«Avvocato, l'omicidio è avvenuto proprio in quelle ore e, da quanto capisco, lei era ancora negli scavi, giusto?».

Luca era perplesso dalle domande del colonnello. Laura era in evidente agitazione, quando rispose.

«Cosa sta insinuando colonnello? Le ho spiegato come sono andati i fatti».

«Mi creda, io non insinuo nulla», rispose il colonnello, «sto eseguendo ciò che sono tenuto a fare. Faccio domande e seguo delle indagini. Mi dispiace avvocato, ma non trovo nel suo racconto un alibi attendibile».

«Colonnello, ma com'è possibile?», ribatté Luca.

«Professore, mi dispiace, ma devo svolgere il mio lavoro», ritornò a scrivere sul computer, «avvocato le consiglio di non allontanarsi dal suo domicilio per i prossimi giorni».

«Ma colonnello, non capisco», disse Luca, «qualcuno ha cercato di uccidermi qualche giorno fa e lei nutre dei sospetti su Laura? Stiamo combattendo lo stesso mostro, lo capisce?», si alzò di scatto e ansimante continuò, «invece di proteggerla, sta insinuando qualcosa che non ha commesso. Oggi siamo stati alla Real Casa dell'Annunziata e non abbiamo trovato nulla che ci ricolleghi a questa benedetta sorellastra. Diavolo!».

«Professore, si calmi!», intervenne il colonnello con tono risoluto, «come le ho detto, qui svolgiamo delle indagini che esulano dalle nostre sensazioni. Nella sua vita professionale si sarà trovato sicuramente a fare delle scelte difficili, anche per un uomo della sua moralità. Non venga a farmi la predica, non lo accetto».

Luca tornò a sedersi, prese la mano di Laura e la strinse forte. «Mi deve scusare», disse rivolgendosi al colonnello, «mi creda, per noi questa storia è un incubo. Non immaginavamo che potesse capitarci tutto questo. Laura non sapeva di essere stata abbandonata ed ha scoperto solo ieri che le sue radici non sono quelle che ha sempre ritenuto tali».

D'un tratto, nella mente di Luca, riaffiorarono i ricordi della sera del suo avvelenamento. Si portò le mani alla testa.

«Cosa ti succede?», disse Laura stringendo la gamba di Luca con la mano.

«Tutte le radici saranno estirpate, ne resterà soltanto una. Questa è la frase che mi ha detto l'assassina prima di dileguarsi», Luca prese la borsa di Laura e tirò fuori i documenti che avevano recuperato dall'archivio dell'Annunziata.

«Dannazione!», prese i documenti e li poggiò sulla scrivania.

«Professore, ci spieghi a cosa sta pensando», chiese il colonnello incuriosito.

«Ho sempre pensato che l'assassina, nella morte degli altri, prefigurasse la sua di morte. Sacrificare qualcun altro in onore di una causa più importante della sua stessa vita. Un po' quello che accadeva con i sacrifici degli animali. E mi convinco sempre di più che sia così».

«E quale sarebbe la novità?», intervenne il Colonnello.

«In tutti i racconti biblici che abbiamo ricavato dall'interpretazione del quadrato magico, c'era una dinastia da salvaguardare, un popolo di eletti da difendere».

«Non capisco dove vuole arrivare, professore».

Luca era assente, nella sua mente si intrecciavano storie, ricordi, studi di una vita. Voleva difendere Laura a tutti i costi e l'unico modo era quello di risalire al movente che aveva armato la mano dell'assassina. In quegli attimi, cercò un modo per empatizzare con la mente malata della sorellastra di Laura, sapeva che si stava avventurando in un turbinio di emozioni, ma era anche consapevole di non avere altra scelta.

Laura guardava Luca in un profondo mutismo. Come il colonnello, anche lei faceva fatica a seguire il racconto di Luca e quale potesse essere il suo epilogo. In cuor suo, desiderava che Luca individuasse una soluzione e che, questa, potesse riaccendere in lei la speranza di ritrovare i suoi genitori biologici e, con loro, l'identità della sorellastra.

«Colonnello, se il mio intuito non mi inganna ci deve essere un collegamento tra l'assassina e la vittima. "Resterà solo una radice", si ricorda?», ci fu un attimo di silenzio ed un cenno del capo del colonnello, «Massimo Doni deve avere qualche cosa in comune con Laura e l'assassina. Deve appartenere allo stesso albero genealogico».

Il colonnello prese il telefono cordless e digitò un numero.

«Brigadiere, sono il colonnello De Fazio. Contatti immediatamente il laboratorio di analisi Serenity, è urgente», qualche secondo di silenzio e continuò, «non mi faccia troppe domande, esegua gli ordini», riagganciò il cordless al suo alloggio e disse, «ci vorranno almeno ventiquattro ore prima di avere qualche dato attendibile. Adesso che ci penso, anche il signor Doni ha vissuto i suoi primi anni di vita alla Real Casa dell'Annunziata ed è stato adottato all'età di tre anni. Dai registri risulta aver avuto una sorella che è morta appena qualche giorno dopo l'ingresso».

«Mi scusi colonnello, in quale giorno è stato registrato l'ingresso?» chiese Luca.

«Mi faccia prendere il fascicolo». Il colonnello aprì una cartella dal suo computer ed uscì un documento simile a quello che avevano recuperato Luca e Laura dagli archivi della Basilica.

«Ecco, Il 13 giugno del 1968», rispose il colonnello

«Strana coincidenza», disse Luca, «Laura è stata registrata il 14 giugno dello stesso anno, un giorno dopo».

«Nella descrizione del bambino», proseguì il colonnello, «si fa menzione alla somiglianza con la sorella per alcuni segni sul corpo, in particolare, per un neo dietro all'orecchio sinistro. Questo particolare dettaglio manca nella descrizione della bambina».

«Colonnello», intervenne Laura che portò le mani al collo, spostò i capelli e mostrò il collo, «anche io ho un neo molto simile a quello descritto nel registro».

Laura era scioccata dall'ulteriore notizia ricevuta. Aveva sempre saputo di essere figlia unica e, in pochi giorni, aveva scoperto l'esistenza di una sorellastra assassina e di un fratello gemello. Il silenzio, l'egoismo dei suoi genitori avevano allontanato ogni possibilità di conoscere le proprie origini. Pensò che forse, con il fratello, sarebbero riusciti a risalire all'identità del padre e della madre, ma oggi le appariva tutto così confuso e difficile.

«Ci sarà stato un errore nella trascrizione nel registro», disse Luca, «avranno registrato l'ingresso di Laura il giorno successivo all'effettivo abbandono, ecco perché la data non coincide con quella del fratello gemello. Ci sono stati molti casi di errori simili capitati anche a personaggi famosi», Luca, rivolgendosi al colonnello, disse, «guardi se c'è qualche altra indicazione utile, un'annotazione, qualcosa che ci faccia risalire ai genitori».

«Mi dispiace, ma nemmeno qui ci sono annotazioni o documentazione allegata», il colonnello era risentito e dispiaciuto da come stavano evolvendo le cose.

«Avvocato», disse il colonnello, «forse ha bisogno di stare un po' da sola con il professore. Se vuole mi allontano e continueremo dopo».

«Non si preoccupi», rispose lei, «andiamo avanti. Questa storia deve finire, non c'è più tempo e sono molto stanca, colonnello».

Luca prese la mano di Laura, orgoglioso per la sua tenacia, e disse.

«Forse è il caso di ritornare all'archivio e cercare meglio tra i fascicoli, è probabile che riusciremo a trovare qualche altra cosa».

Laura, d'un tratto, si illuminò e balzò alla sua mente il dialogo con il responsabile dell'archivio.

«Un attimo», disse lei rivolgendo lo sguardo verso Luca, «il responsabile dell'archivio ha detto qualcosa in riferimento alle innumerevoli richieste fatte nei giorni precedenti».

«Si, ricordo», disse Luca, «era molto infastidito dal fatto che ci fossero state tante richieste per quello stesso anno, in così pochi giorni».

«Esatto», esclamò Laura, «ed ha fatto riferimento ai carabinieri, a noi ed alle monache, ricordi?».

«Può essere stato un caso», ribatté il colonnello.

«Può darsi», commentò Laura, «ma tra le varie esternazioni ha anche riferito che sarebbe andato a giocarsi tre numeri. Il 13, il 14 ed il 68. Colonnello, questa non credo sia una coincidenza da sottovalutare».

Il colonnello, per quanto fosse dubbioso, riprese il cordless, digitò dei numeri e disse, «Brigadiere, mi prepari subito una volante».

Riagganciò, e, rivolgendosi a Luca e Laura disse, «seguitemi».
«Dove andiamo?» chiese Luca.
«Andiamo a trovare questo simpatico responsabile», rispose il colonnello.
Laura, perplessa, disse, «non sarebbe meglio chiamare il numero dell'archivio?».
«Avvocato, mi meraviglio di lei. Sono le 18.00, chi vuole che le risponda adesso».

XXXI

"L'avevamo chiamata Chiara, forse per quel suo colorito bianco candido. Era più piccola del fratello, più gracile. Pensavo che quella diversità fisica potesse essere solo una questione di sesso. Come ero ingenua allora, vorrei aver avuto la forza di reagire e forse, oggi, avrei potuto guardare negli occhi i miei figli. Chiara…che bel nome".
Suor Lucia si era ritirata nella sua cella dopo aver consumato il pasto serale. Era seduta sulla sedia ed aveva lo sguardo rivolto al crocifisso. La notizia della morte prematura di sua figlia l'aveva sconvolta, si sentiva colpevole per tutto quello che era accaduto ai suoi figli. Era agitata, si sfregava le mani continuamente ed aveva il labbro inferiore che tremava. Le mancavano le forze per reagire a tutti i colpi subiti in quei giorni. Nella mente riaffioravano i ricordi e rinnegava ogni momento della sua vita nel quale aveva provato una sensazione di felicità. Non era degna di quel sentimento, così pensava nel ricordo di quelle vite che si erano spente così prematuramente.
"Dovevo morire io, non loro. Questa doveva essere la mia condanna, la penitenza per i miei errori. Avrei dovuto pagare solo e soltanto io."

Si alzò dalla sedia, si avvicinò all'armadio, si accovacciò aiutandosi con lo schienale del letto, aprì il cassettone nella parte bassa e cominciò a rovistare tra la biancheria.

«Era qui, dov'è finita?», disse mentre lanciava una parte della biancheria sul pavimento, «dov'è finita?», continuò a rovistare fin quando sentì di aver trovato quello che cercava, «eccola». Tra le mani aveva una busta da lettere logora, di colore avorio e senza iscrizioni esterne. Si rialzò, facendo leva sullo schienale del letto e ritornò a sedersi sulla sedia.

Poggiò la busta sulla scrivania, la guardò attentamente, con le mani congiunte sulle gambe. Stava cercando l'aiuto delle sue ultime forze interiori per aprire quella busta e scoprirne il contenuto. Trovò il coraggio e, con uno scatto fulmineo, aprì la busta ed estrasse una foto in bianco e nero. La guardò ed il suo viso sembrò illuminarsi dalla gioia di quel ricordo; c'erano tutti e quattro in quella foto, unico scatto prima dell'infausta scelta. Lucia ricordava molto bene quel momento. Pietro cercava di convincerla dell'inutilità della foto, ma lei era irremovibile. Quando la levatrice alzò la macchina fotografica, per immortalare quel momento, Pietro era rigido in volto, mentre lei, per quanto provata dal parto, cercava di darsi un tono e di accennare un sorriso; i due bambini erano stati adagiati in due ceste di vimini coperte da piccole lenzuola bianche.

"Che belli che siamo", pensò mentre stringeva tra le mani la foto. La sfregava con le dita, come a voler toccare il viso dei due bambini. Un sorriso di rassegnazione accompagnò il suono di una lacrima che cadde sulla foto. "Perché hai permesso tutto questo?", pensò alzando lo sguardo verso il

crocifisso. "Forse non sono stata riconoscente? Non è bastato scegliere di vivere in Dio per espiare le mie colpe?".
Portò la foto al petto, stringendola forte al cuore. Abbassò lo sguardo mentre rivoli di lacrime le segnavano il viso. "Non è giusto, dovevi prendere me."
In un attimo, il suo sguardò cambiò, sembrava non avere più il controllo delle sue azioni. Si asciugò le lacrime, si rialzò dalla sedia e mise la foto nella tasca della veste. Si avvicinò alla porta e, silenziosamente, la aprì. Vide che non c'era nessuno nel corridoio e sgattaiolò verso la cappella, facendo attenzione a non fare rumore. Quando arrivò, la cappella era illuminata dal fascio di luce proveniente dalle finestre laterali. Si portò verso la navata centrale, si distese a terra con il viso rivolto al pavimento, allargò le braccia ed iniziò a pregare.
Dopo un po' Lucia sentì dei rumori provenire dal corridoio, si sollevò con fatica e si avvicinò alla porta della cappella. Si mise all'ascolto e sentì delle voci, ma non capiva da dove provenissero con precisione. Aprì la porta lentamente e, accertatasi che non ci fosse nessuno nelle vicinanze, prese le scale che portavano fin su al terrazzo.
Si trovò di fronte alla porta di ferro, unico accesso al terrazzo, girò la chiave dall'interno, spalancò la porta ed un vento gelido la raggiunse, costringendola a fare un passo indietro.
Cercò di allungare la mano per afferrare la maniglia della porta, ma vano fu il suo tentativo. Perse l'equilibrio, non riuscendo a poggiare correttamente il piede sul gradino, e cadde. Rotolò fino al pianerottolo del corridoio e con la testa colpì l'ultimo scalino; si ritrovò a terra, sul fianco sinistro, avvertiva dolori in tutto il corpo, cercò di risollevarsi, ma non

ci riuscì. Si tolse il copricapo, portò la mano destra alla testa e sentì che una parte dei capelli era bagnata. Subito dopo essersi resa conto che le fuoriusciva sangue da una ferita alla testa, avvertì, immediatamente, un capogiro e perse i sensi.

XXXII

Arrivarono alla Real Casa Santa dell'Annunziata poco prima della chiusura, il colonnello De Fazio, alla guida della volante, si era districato dal groviglio di auto che aveva trovato lungo il percorso che portava dalla caserma al quartiere Forcella. Con le sirene spiegate, furono accolti dall'usciere che si stava adoperando per chiudere la grata esterna di accesso alla Real Casa. Sentito il frastuono delle sirene si fermò di colpo, curioso di capire cosa stesse accadendo.

Il colonnello, Luca e Laura uscirono dall'auto e si avviarono verso l'ingresso.

«Buonasera, sono il colonnello De Fazio del nucleo investigativo di Napoli», disse il colonnello, rivolgendosi all'usciere.

«Buonasera», rispose lui sorpreso da quella singolare circostanza. Era capitato altre volte di ascoltare il suono delle sirene, ma quasi sempre per questioni territoriali che esulavano dall'ordinaria attività della Real Casa e dell'annesso ospedale.

«Avrei bisogno di conferire urgentemente con il responsabile dell'archivio», disse il colonnello.

«Si, si, colonnello. Quello sta per uscire. Le apro subito il cancello».

L'usciere riaprì la grata esterna ed il portone, affinché la volante potesse accedere alla corte centrale. In auto entrò il solo colonnello, mentre Luca e Laura si avviarono, a passo svelto, all'interno della struttura. Il colonnello fermò l'auto prima della fontana centrale, o quel che ne restava, e, uscito dalla volante, si incamminò con il professore e Laura verso le scale di accesso.

Quando entrarono, videro che dallo scalone centrale stava per scendere il responsabile.

«Mi scusi», disse Laura facendo segno agli altri con la mano, «si ricorda? Siamo stati qui stamattina».

L'archivista si fermò a metà rampa, non capiva se quella voce femminile si stesse rivolgendo a lui, strizzò gli occhi e fece un leggero movimento con le braccia in segno di rassegnazione.

«Certo che mi ricordo. Ma è una persecuzione, adesso siete venuti accompagnati dai carabinieri e la monaca l'avete lasciata a casa? Uffa».

«Faccia poco lo spiritoso», rispose il colonnello infastidito dal sarcasmo del responsabile, «siamo qui su mandato della procura, devo farle qualche domanda in merito alle richieste di accesso agli archivi che ha ricevuto ultimamente».

Con il viso di chi non ha altra scelta, si voltò di spalle e, con la mano, fece segno al gruppo di seguirlo.

Arrivarono nella stanza già nota a Luca e Laura; il responsabile riaccese le luci e si avviò dietro alla scrivania rimanendo in piedi.

«Di cosa avete bisogno? Vi ho dato tutto quello che ho trovato in archivio».

«Questa mattina, mentre discutevamo, abbiamo intuito che ha ricevuto qualche altra richiesta documentale relativamente all'ingresso del 13 giugno del 1968», disse Laura, «anche prima, sulle scale, ha fatto riferimento alle monache».

«Si, effettivamente c'è stata una richiesta scritta da parte di un convento di Pompei, che mi ha chiesto il rilascio dei verbali di ingresso del 13 giugno 1968», rispose il responsabile.

«E lei li ha forniti, suppongo», chiese il colonnello.

Il responsabile aveva come la percezione di essere sotto interrogatorio ed era preoccupato che la risposta gli avrebbe causato qualche problema legale o disciplinare.

«Non ho capito colonnello, cosa vuole da me?».

«Voglio che segua le mie indicazioni», rispose il colonnello che aveva percepito il disagio del funzionario, «se risponderà alle nostre domande non ci saranno ripercussioni per lei».

Il responsabile tirò un sospiro di sollievo e disse, «li ho inviati via mail all'indirizzo dal quale mi è arrivata la richiesta».

«Bene», disse il colonnello, «ci fornisca copia della richiesta e dei documenti che ha inviato».

Con un cenno del capo il responsabile accese il computer e, dopo qualche minuto, stampò e diede, al colonnello, la copia della documentazione richiesta.

Il colonnello sfogliò ad uno, ad uno, i fogli della documentazione e disse, «la richiesta è stata fatta dalla segreteria della Madre Superiora del convento delle suore Domenicane di Pompei».

«Grazie», disse il colonnello cercando di pronunciare il nome del funzionario che non si era presentato.

«Alessandro, colonnello. Mi chiamo Alessandro», disse lui.

Laura e Luca strinsero la mano ad Alessandro e seguirono il colonnello De Fazio all'uscita.

Mentre scendevano le scale, Luca si voltò verso De Fazio e, con aria perplessa, disse.

«Perché le domenicane dovrebbero essere interessate al fascicolo di quel giorno preciso».

«Nella mail di richiesta si fa riferimento ad un interesse diretto della madre superiora del convento, scopriremo molto presto il perché di tanto interesse», rispose il colonnello.

Laura era in un vortice di sensazioni, doveva elaborare troppe cose ed in troppo poco tempo. La stanchezza cominciava a prendere il sopravvento sulla sua lucidità. A Luca non passò inosservato il suo atteggiamento assente e distratto, mentre si accingevano a scendere le scale della Real Casa. Portò il braccio al suo fianco accompagnandola nella discesa.

«Amore, tutto bene?».

Laura si voltò, come se si stesse svegliando da un sonno leggero.

«Si amore, tutto bene, sono solo un po' confusa. Non capisco perché quest'attenzione da parte della madre superiora per quel giorno in particolare. Ho una strana sensazione di inquietudine che non mi abbandona. Sono convinta che sarà un ulteriore prova da superare».

«Ci sono qui io», rispose Luca stringendola sempre più forte al fianco e baciandola sulla fronte.

«Colonnello, volevo ringraziarla per l'impegno e la dedizione che sta mettendo in questo caso», disse Luca.

«Non mi deve ringraziare, faccio solo il mio lavoro. Adesso dobbiamo andare a fondo di questa storia. Non abbiamo altro tempo da perdere», commentò il colonnello prima di aprire lo sportello della volante, «andiamo a vedere cosa hanno da dirci le suore del convento».

Quando arrivarono al convento, che costeggiava gli scavi archeologici di Pompei, in prossimità di piazza Giovanni Paolo XXIII, c'era solo silenzio. La strada che portava al convento era poco illuminata e, per non destare troppa preoccupazione alle residenti, il colonnello non aveva acceso la sirena. Arrivarono nel parcheggio antistante e, usciti dall'auto, si avviarono verso l'ingresso del convento. Faceva molto freddo e la visibilità era ridotta a causa della lieve nebbia dovuta all'alta percentuale di umidità di quella sera. Arrivarono alla porta, Luca teneva stretta a sé Laura che aveva le braccia incrociate al petto per il freddo. Quando il colonnello busso al citofono, dopo un po', dall'interno del convento, si sentirono dei rumori sordi e delle voci incomprensibili. «Chi è?», disse una voce femminile dal citofono.

«Buonasera, sono il colonnello dei carabinieri De Fazio, mi scusi se disturbo, ma avrei urgente bisogno di parlare con la madre superiora».

«Un attimo», rispose la suora e, subito dopo, riagganciò.

La divisa e il cappello proteggevano il colonnello dal freddo dei primi giorni dell'inverno. Non dava segni di stanchezza, era immobile di fronte alla porta, nell'attesa di un ulteriore segnale.

«Credo che a quest'ora stessero già dormendo», disse rivolgendosi a Luca e a Laura, «non pensò che sarà una breve attesa».

Dopo qualche minuto, dalla pulsantiera, fuoriuscì una voce femminile, con un timbro diverso da quella precedente, più austero e cupo.

«Buonasera, cosa cercate?», disse.

«Come ho riferito prima, sono il colonnello De Fazio, avrei bisogno di conferire con la madre superiora».

Dopo un attimo di esitazione, si sentì di nuovo la voce, ancor più rigida e dubbiosa, «sono io la madre superiora e non capisco cosa voglia da me a quest'ora della sera».

«Sto eseguendo un'indagine su una morte avvenuta negli scavi archeologici, devo farle qualche domanda a proposito di una richiesta fatta da lei all'archivio della Real Casa Santa dell'Annunziata».

«Ma di cosa sta parlando», sbottò al citofono la madre superiora, «io non ho fatto nessuna richiesta!».

Il colonnello si voltò in direzione di Laura e Luca con aria sorpresa.

«Madre, da qui fuori è difficile poterle spiegare tutto, mi apra e ne parleremo con calma».

«Salga al primo piano», rispose lei.

Subito dopo si avvertì il suono vibrante dell'apertura del portone e Luca, Laura ed il colonnello si avviarono all'interno. Arrivarono al pianerottolo del primo piano e trovarono la madre superiora che, con aria grave, li stava aspettando; era bassa, con i fianchi pronunciati e severa in volto.

Dalle scale si accedeva direttamente ad un lungo corridoio con il pavimento in cotto e le pareti di colore giallo tenue; l'illuminazione proveniva da alcuni applique a parete in bronzo, molto vecchi, che non riuscivano a garantire una buona luminosità agli ambienti.

«Seguitemi», disse la suora incamminandosi verso il lato destro del corridoio; aprì la prima porta, ed entrarono tutti nella stanza che, dall'arredo, doveva essere lo studio che la madre superiora utilizzava per le faccende burocratiche.

A ridosso della parete opposta alla porta d'ingresso, era posizionata la sua scrivania, sulla quale erano riposte diverse riviste e opuscoli religiosi, qualche penna e dei fogli bianchi.

Sul lato sinistro, adiacente alla porta d'ingresso, c'era un'altra piccola scrivania, con sopra il monitor di un computer ed una sedia in prossimità.

La madre superiora si posizionò sulla poltrona dietro la sua scrivania ed invitò il colonnello e gli altri ospiti a sedersi sulle sedie che erano a disposizione nella stanza.

Luca prese quella adiacente alla piccola scrivania, vicino l'ingresso e si collocò un po' più distante, mentre Laura ed il colonnello si accomodarono sulle sedie di fronte alla scrivania della monaca.

«Colonnello, non so nulla di questa richiesta», commentò la suora con aria sospettosa e diffidente.

Il colonnello, senza dire una parola, aprì il porta documenti, tirò fuori il fascicolo che avevano recuperato dall'archivio della Real Casa e lo diede alla suora. Lei lo prese, gli diede uno sguardo furtivo e, pian piano che sfogliava i fogli, sul suo viso, si vide tutto lo stupore per quello che stava leggendo. «Non è possibile», disse, «riconosco il timbro, ma non sono stata io a firmare questa richiesta, dovete credermi».

«Chi potrebbe averlo fatto senza il suo consenso?», le chiese il colonnello.

La madre superiora scostò lo sguardo dai documenti, portò le mani alle tempie e rispose.

«Le stanze di questo convento sono accessibili a tutte le sorelle che vivono tra queste mura. Non siamo soliti chiudere a chiave gli ambienti».

«Quindi mi sta dicendo che tutte le suore potrebbero avere accesso ai timbri e ai suoi documenti?», chiese sorpreso il colonnello.

«Forse non le è chiaro che tutte le persone residenti in questo posto sono consacrate al signore, mi fido ciecamente di tutte le mie sorelle».

«Allora come si spiega quella richiesta?», disse Laura.

«Mi scusi Madre», disse Luca, «immagino che la richiesta sia partita da questo pc, potremmo verificare e liberarci da ogni dubbio, non crede?».

«Non sono io che accedo a quel computer, è una nostra sorella che ha più dimestichezza con quegli affari. Vado a chiamarla».

La monaca si alzò e uscì dalla stanza. Dopo pochi minuti, rientrò seguita da una suora giovane e dai tratti gentili. Quando suor Maria vide quelle due persone accompagnate da un carabiniere si fece rossa in viso e calò il capo.

A Laura quel particolare non sfuggì e pensò che la suora avesse di sicuro qualcosa da nascondere.

«Come posso aiutarvi», disse suor Maria timidamente.

«I nostri gentili ospiti ritengono che questi documenti siano stati inviati dal convento, ma io non ne so nulla. Suor Maria accendi il computer e facciamo vedere che è solo un enorme sbaglio», disse la madre superiora mentre porgeva la richiesta nelle mani dell'altra.

Suor Maria non poteva credere ai suoi occhi, quello che aveva tra le mani era il documento che aveva inviato alla Real Casa Santa dell'Annunziata. D'un tratto sbiancò e, a vedere questo, la madre superiora si preoccupò e chiese, «cosa ti succede Maria, non ti senti bene?».

«Si Madre, mi sento bene, ma non c'è bisogno di accendere il computer, conosco già questi documenti».

La madre superiora la guardò sbalordita, con la bocca semi aperta, e le chiese, «e come fai a conoscerli?».

«Li ho inviati io», rispose lei.

Suor Maria spiegò a tutti la verità su quella vicenda e della richiesta pervenuta da un'altra sorella di nome Lucia; cercò di giustificare il suo gesto, ma gli occhi della madre superiora facevano trasparire tutta la sua delusione. Maria sapeva che quella leggerezza avrebbe rovinato il rapporto di fiducia instauratosi tra lei e la sua superiora. Sapeva di aver perso credibilità e raccontò ogni piccolo dettaglio della vicenda che la vedeva coinvolta; spiegò che Lucia aveva avuto due figli da una relazione avuta da giovane e che il maschio era l'uomo assassinato qualche giorno prima nel parco archeologico.

Laura, ad ogni parola, era sempre più disorientata da quel racconto: a mano a mano che Maria scendeva nei dettagli, si avvicinava la sua possibilità di conoscere le sue vere origini, sua madre. Quasi non voleva ammetterlo a se stessa e, mentre Maria continuava a parlare, intervenne stroncando qualsiasi ulteriore commento e disse, «Suor Lucia è mia madre».

XXXIII

«Non c'è», disse suor Maria spalancando la porta dello studio della madre superiora, «suor Lucia non è nella sua stanza».

«Com'è possibile, dove può essere andata?», ribatté la madre superiora che si alzò dalla poltrona e si avviò subito verso la porta, «ti aiuto a cercarla, andiamo».

Quel frastuono, intanto, aveva allertato anche le altre sorelle che, a poco a poco, uscirono quasi tutte delle loro celle.

Un brusio di voci, che si confondeva con il rumore dei molteplici passi, cominciò a diffondersi nel convento.

Laura, Luca ed il colonnello si avviarono anch'essi fuori al corridoio e videro il movimento confuso delle monache che si erano messe tutte alla ricerca di Suor Lucia. Non sapendo dove poterla cercare, e per non violare alcun luogo sacro del convento, preferirono restare lì, in attesa di qualche notizia.

Si sentivano le suore chiamare a gran voce il nome "Lucia", ma nessuna risposta attirò la loro attenzione.

Più trascorreva il tempo e più si accentuava il frastuono di voci e lo sgomento sui volti delle sorelle.

Suor Maria, con il viso segnato dalla disperazione, si presentò dinanzi a Laura, «non riusciamo a trovarla», ricurva su se stessa ansimava per l'agitazione, «non può essere andata lontano, nessuno l'ha vista uscire, deve essere qui».

Un urlo terrorizzato sovrastò il rumore dei passi e delle voci che, poco prima, regnavano nel corridoio. D'un tratto calò il silenzio in tutto il convento; quell'urlo straziante proveniva dal ballatoio delle scale dalle quali si accedeva al terrazzo del convento.
Tutti i presenti, spaventati, guardarono in direzione del gruppo di monache che si accalcava nelle vicinanze della porta di accesso al terrazzo.
Suor Maria, con gli occhi luccicanti di lacrime, guardò il viso smarrito di Laura. Trovò qualcosa di familiare nel suo sguardo che non riusciva a spiegarsi. Più si soffermava sui suoi lineamenti e più riusciva a notare una particolare somiglianza con suor Lucia.
Il colonnello fu il primo a correre, seguito, poi, da Luca e Laura. Il gruppo di monache impediva l'accesso, paralizzate dall'immagine che si era presentata ai loro occhi.
Quando il colonnello varcò la porta, facendosi spazio tra le monache, vide Suor Lucia riversa a terra, priva di sensi, in una pozza di sangue. Aveva il copricapo tra le mani ed un viso pallido, si avvicinò e si piegò per controllare le pulsazioni del collo.
Nel frattempo, anche Luca e Laura avevano raggiunto il pianerottolo dove si trovava Lucia. Laura, nel vederla in quello stato, si portò le mani alla bocca, trattenendo per qualche secondo il respiro.
«Colonnello, è morta?», chiese lei.
Il colonnello si voltò nella sua direzione e disse, «ha perso conoscenza, ma è viva. Bisogna chiamare subito un'ambulanza». A quella richiesta tutte le sorelle annuirono

all'unisono e si avviarono verso il corridoio. Laura tirò un sospiro di sollievo alla notizia.

«Professore, mi dia una mano ad alzarle la testa. Dobbiamo fermare l'emorragia».

Intanto, varcò la soglia la madre superiora che, vedendo la sorella ridotta in quello stato, disse, «Mio Dio. Come sta?».

«Ha perso molto sangue», rispose il colonnello, «dovrebbe procurarci delle bende, nell'attesa che arrivi l'ambulanza».

La monaca si incamminò con passo svelto verso l'infermeria.

«Colonnello, cosa vuole fare?», chiese Luca.

«Devo cercare di bloccare il flusso di sangue con le dita, cerchi di non farle muovere troppo la testa».

Laura era rimasta in piedi, immobile davanti al corpo esanime della madre; la mamma che non aveva mai conosciuto e della quale, fino a qualche giorno prima, ignorava l'esistenza.

Adesso era proprio davanti ai suoi occhi, piccola di statura e molto gracile, aveva i capelli chiari che le arrivavano sulle spalle ed un viso segnato dal tempo e, forse, dalla sofferenza che, immaginava, avesse patito in quei giorni scoprendo di aver perso entrambi i suoi figli.

Laura era sopraffatta da un moto di compassione per quella donna, quella suora che era lì, distesa a terra in un mare di sangue; non provava odio o rancore per essere stata abbandonata, ma, stranamente, era spinta dal desiderio di conoscere a fondo la sua vita. Chi era? Cosa l'aveva spinta a fare quel gesto? Più la guardava e più rivedeva, in alcuni tratti, una certa somiglianza con lei; il naso, i lineamenti sottili e le labbra erano molto simili alle sue.

Mentre immaginava quale avrebbe potuto essere il suo destino, se le cose fossero andate diversamente, pensò ai suoi genitori, a coloro che l'avevano accudita, amata e avevano reso ogni momento della sua vita felice; avevano riso con lei, pianto con lei e condiviso le sue più grandi gioie, la laurea, il primo impiego e l'amore per Luca. Si sentì in colpa per come li aveva trattati negli ultimi giorni, era accecata dalla delusione. In fondo, aveva sempre saputo che quel suo risentimento non sarebbe durato molto e che l'amore, che provava per loro, avrebbe superato qualsiasi ostacolo.

Il colonnello, grazie alle bende che le aveva portato la madre superiora, era riuscito a bloccare l'emorragia; aveva le mani e la divisa impregnate del sangue di Lucia e si era allontanato in cerca di un posto dove potersi ripulire.

«Chiara», disse Lucia rianimandosi e cercando di aprire gli occhi, «Chiara», ripeté con voce lieve e dolorante.

La madre superiora si voltò verso Maria che, nel frattempo, li aveva raggiunti sul pianerottolo, e disse a bassa voce, «Chi è Chiara?».

«Madre, Lucia sta chiamando la figlia. La conosce come Chiara per l'errore di iscrizione fatto sul registro», rispose Maria.

Improvvisamente varcò la porta Suor Esterina, aveva il fiatone e trasalì nel vedere la sorella Lucia in quelle condizioni. Portò le mani alla bocca e, come se non ci fosse nessuno in quel piccolo spazio, si accovacciò accarezzandole il viso.

«Cosa ti è successo Lucia, parlami ti prego».

«Esterina, non ricordo nulla», rispose Lucia sempre più debole e pallida.

Nel frattempo, entrò dalla porta il colonnello. «L'ambulanza sta per arrivare, è questione di pochi minuti».

Laura, avvicinatasi come Esterina, si piegò sulle gambe e si accostò al viso della madre. Gli sguardi si incrociarono e Lucia sembrò specchiarsi negli occhi di Laura. Per un istante, pensò che avesse fatto un salto nel passato, rivivendo la sua giovinezza. Quella donna che aveva di fronte aveva un viso così familiare e, a mano a mano che riusciva a mettere a fuoco i suoi lineamenti, veniva invasa dalla gioia cercando, invano, di alzarsi.

«Chiara, sei tu?».

Laura, con le lacrime agli occhi e con voce amorevole, rispose.

«Non sono Chiara, mi chiamo Laura», si voltò un istante per nascondere la commozione e quando ritornò a fissare Lucia disse, «come mi chiamo non ha importanza, io sono tua figlia».

Dagli occhi di Lucia caddero delle lacrime di gioia, «pensavo fossi morta, cosa è successo?», ma, mentre parlava debolmente, fece una smorfia di dolore. Laura le prese la mano, stringendola, e rispose, «non ti affaticare troppo, adesso sono qui con te».

Si guardarono profondamente e avvertirono entrambe una sensazione di pace interiore; il cordone ombelicale che le aveva unite le stava facendo ricongiungere e, questa volta, per sempre.

Suor Esterina si alzò ed esortò tutti a lasciarle da sole. L'unico che restò fu Luca che si mise poggiato con la spalla alla porta. Non aveva voluto interrompere quel momento, vedeva Suor Lucia molto debole e voleva che Laura potesse godere di quegli attimi, nell'intimità che si crea, come per miracolo, tra una madre e sua figlia.

«Scusami», disse Lucia socchiudendo le palpebre.

«Non hai nulla di cui scusarti, mi hai donato la vita ed è stato ed è un viaggio meraviglioso. Non ho mai saputo di essere stata adottata, l'ho scoperto da poco».

«Mi dispiace», rispose Lucia.

Nei minuti che seguirono ebbero giusto il tempo di raccontarsi alcune cose della loro vita: Lucia riferì il suo nome di battesimo e Laura raccontò dei suoi genitori adottivi.

Lucia faceva fatica a tenere gli occhi aperti, aveva perso molto sangue e l'ambulanza tardava ad arrivare.

«Pietro Molinari», disse Lucia, «questo è il nome di tuo padre».

Fu l'ultima cosa che riuscì a dire, poi chiuse gli occhi con la serenità scolpita in volto, il suo viso appariva più disteso e più luminoso.

«No, no, perché? Perché?», Laura era sopraffatta dal dolore, troppo poco tempo le era stato concesso per conoscere sua madre, per raccontarle le tappe importanti della sua vita e scrivere insieme una parte del futuro. Accarezzò il volto freddo, adagiò il capo sul suo petto e pianse come non aveva mai fatto in vita sua.

In lontananza, si sentì il suono dell'ambulanza e Luca poggiò la mano sulla spalla di Laura, cercò di sollevarla e, segnato dal dolore, disse.

«Andiamo amore».

Laura, in lacrime, si girò nella sua direzione e disse, «hai visto com'è bella mia madre?».

XXXIV

Quella vista sul golfo di Napoli era ogni giorno sempre più bella; il mare accarezzava delicatamente gli scogli e il suo profumo si disperdeva un po' ovunque, in quella parte incontaminata della città. L'isolotto della Gaiola, con la sua villa in completo stato di abbandono, creava una magica connessione tra il presente e il passato. Alcune volte, nelle notti di tempesta, il vento che entrava dagli squarci delle finestre e che, poi, si divincolava tra i corridoi vuoti, sembrava voler parlare attraverso quei muri intrisi di storia.

Quella mattina, seduto sulla sedia, con il braccio sinistro poggiato sul tavolo rotondo in pietra lavica di Sorrento, decorato dai rami intrecciati delle piante di limoni, c'era Pietro Molinari. Ogni mattina, ammirava lo stesso panorama dal terrazzo della sua residenza di Posillipo. Respirava l'aria salubre che proveniva dal mare, nell'attesa che la governante gli portasse il solito caffè.

Era un uomo con un aspetto serio che faceva trasparire una certa rigidità, grosso di spalle e di fianchi; aveva i capelli bianchi stempiati al centro del capo. La barba, che copriva la faccia tonda, era anch'essa bianca, perfettamente rifinita ai bordi.

La governante uscì sul terrazzo con in mano la tazzina del caffè, «Prego, signore», disse poggiandola sul tavolo.

«Grazie Hanna», rispose lui.
Prese la tazzina e cominciò a sorseggiare il caffè lentamente.
Prima che Hanna ritornasse in casa, le chiese, «mia figlia starà dormendo, suppongo».
«Signore, sua filia non è tonnata stanotte».
Hanna era originaria delle Filippine e, per quanto fosse da diversi anni alle dipendenze di Molinari, non riusciva ancora ad articolare correttamente le parole in italiano. Restò immobile in attesa delle istruzioni del padrone di casa.
«Grazie», rispose lui, congedandola.
Pietro era un immobiliarista molto conosciuto in città ed aveva costruito molti edifici tra la fine degli anni Ottanta e negli anni Novanta. Quando la moglie Annamaria era morta, a causa di un tumore, non aveva perso solo la donna che amava, ma anche tutto il suo entusiasmo e la sua creatività. Non riusciva più a lavorare e, da qualche anno, si dedicava a contribuire ad alcune associazioni benefiche, organizzando eventi di rilievo con l'obiettivo di raccogliere fondi. Ogni tanto giocava a golf, in compagnia di amici e, tutti i giorni, curava le piante del terrazzo, come fossero sue figlie.
Aveva bisogno di distrarsi continuamente, per non pensare a tutti i meravigliosi momenti vissuti con la moglie in quella casa. Nel prendersi cura delle piante, medicava anche la sua anima, anche se non c'era un giorno che non pensasse a lei ed ai suoi sorrisi. Era una donna animata dal bisogno di aiutare gli altri e diffondeva serenità a tutti quelli che incontrava, con una parola, un sorriso, e lui si sentiva un eletto per il dono che Dio gli aveva voluto concedere.

Gli occhi di sua moglie racchiudevano tutto quello che la sua anima era capace di fare, avevano il potere di stregarlo e di indirizzarlo ovunque lei volesse.

Purtroppo, la figlia non aveva ereditato nulla di tutto questo dalla madre: era silenziosa e cupa, si allontanava spesso da casa e, da sempre, i genitori, avevano dovuto porre rimedio alle sue malefatte. Aveva abbandonato gli studi molto presto ed i litigi erano all'ordine del giorno. Dalla morte della madre, le cose erano peggiorate sempre di più e, in alcuni momenti, la rabbia della ragazza sfociava in un'aggressività incontenibile, distruggendo qualsiasi cosa si trovasse nelle sue vicinanze, urlando e dando pugni sui muri.

Pietro era consapevole di essere molto severo, si sforzava di fare il bene della figlia, ma le cose gli erano sfuggite dalle mani. Quando la figlia non era in casa, Pietro era avvolto da una sensazione di leggerezza e poteva dedicarsi liberamente alle cose che più amava. Alcune volte si soffermava a pensare a quanto fosse innaturale quella sensazione di benessere che si accompagnava all'assenza della figlia. Quando era in compagnia di qualcuno cercava di mascherare il suo imbarazzo, ma quando era solo non poteva mentire a se stesso: la disapprovava in tutto, nel modo in cui viveva, nel modo di parlare, nel modo di porsi e persino nel modo in cui si vestiva.

Mentre toglieva qualche foglia rinsecchita, alzò lo sguardo, ammirò il panorama e respirò l'aria che proveniva dal mare. Chiuse gli occhi e, alla serenità di quel momento, si contrapposero molti pensieri ed inquietudini. Qualche settimana prima aveva ricevuto la lettera di suo figlio, che aveva abbandonato, insieme alla sorella, appena nato.

Da allora, molte cose erano cambiate e Pietro si rammaricava di non aver dato la possibilità ai figli di poter godere delle sue fortune. Poi, un giorno, era arrivata una lettera da parte di Massimo, così si firmava il figlio. Nella lettera raccontava di essere cresciuto felice con la sua famiglia adottiva, lontano dalla sua terra di origine anche se, ironia della sorte, e ancor prima di venire a conoscenza della sua adozione, era da sempre stato tifosissimo del Napoli. Quando i genitori adottivi gli avevano confidato della sua adozione, aveva dato immediatamente mandato ad un'agenzia, speranzoso di poter rintracciare i genitori biologici. Nella lettera spiegava di aver ricevuto, dalla madre adottiva, delle foto che lo immortalavano in braccio ad una balia dell'istituto dove aveva vissuto i primi tre anni di vita e che aveva consegnato all'agenzia. Dopo qualche mese, era stato ricontattato e gli era stato comunicato che erano emerse delle corrispondenze attraverso una foto caricata su un sito utilizzato per scoprire la genealogia familiare e che era stato possibile individuare il padre anche per mezzo di vari articoli di giornale. Era stato proprio Pietro a caricare la foto che lo ritraeva con Margherita, ed i due figli, poco prima di consegnarli alle cure delle suore.

Ricordò la sua patetica ritrosia di quel momento, visibile dall'espressione del suo volto; fu Margherita ad insistere e, dopo la lettera del figlio, in cuor suo, fu grato a quella donna.

La lettera era stata imbucata in anonimato e, Pietro, non aveva potuto rispondere per la mancanza del cognome e dell'indirizzo.

Era dispiaciuto di non poter fare altro che leggere quella lettera e passare le dita sulle parole scritte dal figlio; sentire, sotto ai polpastrelli, il rilievo del solco creato dalla penna, chiudere gli occhi ed immaginare, con quel gesto, di accarezzare il viso del figlio.

Dopo quella lettera, Pietro non ebbe più nessuna notizia dal figlio: sperava che, un giorno, potesse incontrarlo ed abbracciarlo, fargli sentire il suo amore. Era felice che la famiglia adottiva lo avesse accolto ed accudito. Dalle sue parole traspariva molta serenità e questo aveva portato sollievo al cuore di Pietro. Della figlia, invece, non aveva saputo più nulla ed aveva perso anche ogni traccia di Margherita. Dopo il servizio militare, si erano definitivamente allontanati e, né lui, né Margherita, avevano cercato di mettersi in contatto l'uno con l'altro, forse anche perché nessuno dei due sarebbe riuscito ad affrontare l'argomento dell'abbandono dei figli.

In casa si sentì il suono del citofono, Hanna si avvicinò alla cornetta per rispondere e vide un carabiniere in divisa.

«Pronto».

«Buongiorno, cerchiamo il signor Pietro Molinari, è in casa?», chiese il carabiniere.

«Un attimo.» Hanna ripose la cornetta e corse verso il terrazzo. Quando irruppe alle spalle di Pietro, questi saltò dallo spavento.

«Hanna, ma che diavolo ti prende? Mi hai fatto venire un colpo».
«Signore, mi scusi. Ci sono carabinieri fuori porta».
Pietro, senza dire una parola, aggirò Hanna e si avviò in casa. La sua prima preoccupazione fu per Federica.
"In quale altro casino si sarà cacciata" pensò, prima di prendere la cornetta e rispondere.
«Buongiorno, cosa è successo?».
«Cerchiamo Pietro Molinari, è lei?», chiese il carabiniere.
«Si, sono io. Cosa volete da me?», rispose Pietro irrigidito.
«Abbiamo un mandato per una perquisizione», il carabiniere mostrò il documento firmato dalla Procura.
«E perché dovrei autorizzarvi ad entrare in casa mia?», disse Pietro infastidito, «io non ho fatto niente».
«Signor Molinari, non abbiamo bisogno di nessuna autorizzazione da parte sua, qui c'è un mandato della procura. Apra la porta e non faccia ostruzione».
Pietro, inquieto per quello che stava accadendo, cercò di sforzarsi per capire cosa potesse esserci in casa di così importante per la Procura. Nella sua vita aveva conquistato tutto quello che aveva, con molta fatica e sudore, tutto quello che aveva era il frutto dei suoi sforzi e non consentiva a nessuno di violare la sua riservatezza. Purtroppo, non poté fare diversamente, pigiò il tasto di apertura del cancello carrabile e posò la cornetta.

XXXV

Per Luca e Laura quello doveva essere l'epilogo di una storia da dimenticare.

Quella mattina si svegliarono nel loro appartamento di viale del Parco Margherita e Laura aveva dovuto fare i conti con una rivelazione che avrebbe cambiato per sempre la sua esistenza. La sua lettura del passato aveva una prospettiva diversa, ora che aveva conosciuto la sua madre biologica, aveva costruito, dentro di sé, un mondo parallelo nel quale confluivano diverse realtà: da un lato c'era Laura con le sue certezze e la sua forza d'animo, dall'altro, sempre lei, ma terribilmente debole ed inquieta.

Aveva paura di cosa le riservasse il futuro e di come sarebbe stato l'incontro con il padre biologico. Ma, prima di tutto, aveva bisogno di ritornare a quelle origini che l'avevano formata e resa la donna che era diventata. Aveva la necessità di confrontarsi con coloro che l'avevano accudita ed aiutata a crescere così come si vedeva allo specchio oggi.

La morte di Margherita l'aveva distrutta; quella notte non aveva fatto altro che pensare a quanto somigliasse alla madre e a quanto dolore aveva provato nel vederla così sofferente. Tutto era successo in pochi giorni, prima la scoperta del fratello e poi, per un caso fortuito, l'incontro con la madre. La morte era stata più veloce, le aveva portato via il fratello gemello, prima che lei potesse conoscerlo, e poi la madre, proprio davanti ai suoi occhi.

Luca aveva vigilato tutta la notte al fianco di Laura, cercando di rassicurarla, di farle sentire tutto il suo amore e la sua vicinanza. Di tanto in tanto, era riuscito a strapparle un sorriso, in altri momenti era stato la spalla dei suoi pianti.

Quella mattina, Laura, aveva deciso di ritornare dai genitori per raccontare tutto quello che era accaduto e, anche, per riconciliarsi con loro.

Adesso si sentiva libera di allontanarsi visto che, di lì a poco, il colonnello De Fazio avrebbe fatto irruzione nell'abitazione del padre biologico ed arrestato la sorellastra.

"E' tutto finito" pensò, mentre si preparava per scendere di casa.

«Amore, tra un po' scendo», disse Laura, rivolgendosi a Luca, mentre cercava di infilare gli stivali seduta sul divano, «vado dai miei».

Luca era in bagno a prepararsi, «non è il caso che ti riposi un po'?», disse con lo spazzolino ancora tra i denti, «è stata una nottataccia, dai, resta qui che, poi, andiamo a fare due passi insieme».

«No, Luca, grazie. Voglio chiudere per sempre questa parentesi della mia vita e voglio farlo oggi. Spero di non ritornarci più per un po' di tempo».

Luca aprì la porta del bagno, si posizionò sul divano alla sinistra di Laura e disse, «amore fai quello che ti fa stare più serena, se hai deciso così, va bena anche per me», esitò qualche istante e continuò, «cosa hai deciso di fare con tuo padre, o meglio, con il tuo padre biologico. Lo incontrerai?».

«Per il momento preferisco lasciar perdere. Voglio dedicarmi un po' a noi e poi decideremo più in là, insieme», rispose Laura che, intanto, si era infilata gli stivali ed aveva allungato le braccia verso Luca.
Si abbracciarono e si baciarono, prima che Laura uscisse di casa, lasciando Luca da solo.
Laura, mentre si incamminava verso la stazione della funicolare di Chiaia, pensò a quel fratello gemello che non aveva mai conosciuto, al fatto che entrambi si trovassero negli scavi di Pompei in quel giorno maledetto. Lei era sopravvissuta, poteva ancora progettare il suo futuro con Luca e godersi l'amore della sua famiglia.
La furia omicida di Federica aveva minato per sempre i sogni di Massimo e, con essi, la possibilità per Laura di poter condividere con lui quei segni distintivi che li legavano dalla nascita. Dopo tutto si sentiva fortunata, aveva conosciuto sua madre, aveva potuto abbracciarla prima dell'addio. La morte ti lascia un vuoto dentro incolmabile e negli occhi di sua madre aveva visto tutta la disperazione per la perdita di suo figlio, ma anche la gioia di aver ritrovato una figlia che pensava morta. Laura aveva avvertito un trasporto verso di lei che non riusciva a spiegarsi. Non l'aveva mai conosciuta prima, non sapeva della sua esistenza, ma aveva sentito, forte, dentro di sé, l'esigenza di amarla e, negli attimi che avevano preceduto la sua morte, mentre le accarezzava il viso, aveva capito che, in fin dei conti, la madre, era sempre stata presente nella sua vita, nascosta tra gli attimi silenziosi che precedono un battito del cuore, e l'altro.

Arrivata in stazione, salì sul treno e, in poco tempo, raggiunse la fermata Cimarosa. Fremeva dalla voglia di incontrare i suoi genitori, voleva riabbracciarli e riconciliarsi con loro dopo l'ultima volta.

Uscì dal vagone e, con tre falcate, salì sulle scale mobili.

Nel raggiungere la successiva rampa di scale, che l'avrebbe condotta all'uscita, sentì una pressione sul lato basso della schiena, come se qualcuno la stesse spingendo con un pugno. Non fece in tempo a voltarsi, quando sentì una voce femminile provenire dalle sue spalle; sentiva il fiato di questa donna sul suo collo.

«Non muoverti sorellina se non vuoi fare la stessa fine di quel bastardo di tuo fratello», disse Federica, tenendo tra le mani un pugnale coperto da una sciarpa.

Laura rabbrividì nel sentire la voce della sorellastra, non disse una parola, non cercò di voltarsi; era spaventata da quello che le avrebbe potuto fare quel mostro ed eseguì ogni sua richiesta.

«Appena usciremo dalla stazione fai un bel sorriso al mondo e vai verso piazza Vanvitelli. Ti avverto, fai un passo falso e ti ammazzo».

Laura e Federica varcarono l'uscita della stazione e si incamminarono su via Bernini. Arrivarono a metà strada dove era parcheggiato, in doppia fila, un furgone bianco.

Federica aprì il portellone laterale e disse, «passami lentamente il cellulare». Laura stava tremando e sudava dallo spavento, avrebbe voluto urlare, ma sapeva di cosa fosse capace la sorellastra e, quindi, restò muta per tutto il tempo.

Prese il cellulare dalla tasca del cappotto e lo diede a Federica che, con una spinta energica, fece entrare Laura nel furgone. Per un istante, prima che si chiudesse il portellone, Laura vide il volto della sorellastra; aveva gli occhi spiritati ed iniettati di sangue, uno sguardo pallido ed un sorriso che le raggelò il sangue. Pensò che, forse, avrebbe fatto meglio ad urlare anche se, nella sua condizione, non sarebbe cambiato molto. Quello sguardo era l'incarnazione del suo peggior incubo ed aveva già messo in conto che, da quel momento, con la chiusura di quel portellone, i suoi occhi non avrebbero più visto la luce.

XXXVI

«Ma cosa sta blaterando colonnello, mia figlia non è un'assassina», Pietro era irritato e turbato per quello che stava ascoltando dal colonnello De Fazio. Si voltò, dandogli le spalle, e si incamminò verso la finestra che dava sul terrazzo. Poggiò il pugno al telaio dell'infisso della porta finestra, «potrà anche non essere perfetta, avrà i suoi difetti, è irascibile, questo è certo. Ma le assicuro che si sta sbagliando colonnello».

«Mi dispiace, signor Molinari, ci sono prove schiaccianti sul coinvolgimento di sua figlia nell'omicidio avvenuto negli scavi di Pompei», disse il colonnello De Fazio, immobile, con le mani incrociate dietro la schiena, al centro della sala da pranzo.

Pietro scuoteva la testa, non voleva accettare che la figlia si fosse macchiata di un crimine così orrendo. Aveva saputo dell'assassinio dai giornali, non prestando alcuna attenzione ai dettagli di quella vicenda. Non avrebbe mai potuto immaginare una cosa simile.

Si voltò in direzione del colonnello, con i pugni stretti dalla rabbia.

«E mi dica colonnello, quali sarebbero queste "prove schiaccianti" di cui parla? Sono curioso di sapere tutti i dettagli, dal momento che state mettendo sotto sopra la mia casa».

Dalle stanze proveniva il frastuono delle operazioni di perquisizione che stavano effettuando i sottoposti del colonnello.

De Fazio non si fece scalfire dall'arroganza del padrone di casa, era abituato a quel tipo di situazioni ed aveva una tempra adeguata ad affrontare reazioni come quella di Pietro Molinari. Era anche consapevole che notizie del genere avrebbero fatto vacillare chiunque e i risvolti di quella vicenda erano veramente singolari.

«Signor Molinari, sappiamo che lei ha avuto una relazione con la signora Margherita Dibassi, dalla quale ha avuto due figli».

«E lei come fa a saperlo?», intervenne Pietro incredulo, «sì, ho avuto due figli da Margherita e siamo stati costretti ad abbandonarli, eravamo piccoli ed immaturi.».

«Non sono qui per giudicarla, ma non posso esimermi dal fare il mio dovere».

«Allora, mi dica cosa c'entra questo con mia figlia e la morte di quell'uomo. Non capisco», Pietro spostò la sedia da tavolo e si accomodò, facendo segno al colonello di fare altrettanto. De Fazio, invece di sedersi, si avvicinò a Pietro e gli mise una mano sulla spalla.

«Signor Molinari, mi dispiace molto, l'uomo che è stato trovato privo di vita negli scavi archeologici di Pompei, si chiamava Massimo Doni ed era suo figlio».

"Massimo" pensò Pietro. Aveva lo sguardo perso nel vuoto, lo stesso Massimo della lettera che aveva ricevuto. Non poteva essere una coincidenza. Rimase per un po' immobile, senza dire una parola, prima di ritornare a parlare.

«Massimo, mio figlio Massimo. No, non può essere».

«Conosceva suo figlio?».

«Ho ricevuto una sua lettera qualche mese fa», rispose Pietro con un nodo alla gola, «da allora non ho avuto più sue notizie. Perché, perché è accaduto tutto questo? Perché?», portò le mani al viso e pianse.

Il colonnello strinse un'ultima volta la mano alla spalla di Pietro e si allontanò, portandosi alla finestra. Vide il panorama che si scorgeva da quella posizione e ne rimase incantato. Si voltò in direzione di Pietro e disse, «mi dispiace molto».

«È stata mia figlia ad uccidere Massimo?», chiese Pietro asciugandosi le lacrime ed alzandosi dalla sedia.

«Si», rispose il colonnello, «esaminando il materiale biologico ritrovato sul corpo di suo figlio siamo riusciti ad individuare anche la sorella gemella di Massimo che era presente negli scavi il giorno dell'omicidio».

Petro sgranò gli occhi, non poteva credere alle sue orecchie, anche l'altra sua figlia, quella che aveva abbandonato, era stata trovata ed era, in qualche modo, coinvolta nell'omicidio.

«Colonnello, non capisco. Quindi Federica e l'altra mia figlia erano d'accordo. Come facevano a conoscersi?».

«Inizialmente credevamo di si, poi abbiamo scoperto che l'altra sua figlia non sapeva nulla dell'abbandono, di essere stata adottata e del fatto che avesse un fratello ed una sorellastra».

«Come si chiama colonnello?».

«Si chiama Laura».

«Laura», ripeté Pietro, ritornando indietro nel tempo per qualche istante, cercando di ricordare il viso di sua figlia, «e dove si trova adesso?».

«Sarà lei a cercarla quando vorrà farlo, sua madre le ha raccontato come sono andate le cose e le ha riferito il suo nome».

«Quindi avete incontrato anche Margherita. Come sta?».

«Purtroppo, quando siamo arrivati in convento l'abbiamo trovata in condizioni gravi dovute ad una caduta. Non c'è stato nulla da fare per lei. Mi dispiace».

«Perché in convento?», chiese Pietro rattristato per la morte di Margherita.

«La mamma dei suoi figli era una suora domenicana, con il nome di suor Lucia».

Mentre il colonnello stava raccontando i dettagli di come avevano scoperto dove si trovasse suor Lucia, si presentò alla porta un brigadiere che stava effettuando la perquisizione insieme ai suoi colleghi.

«Colonnello, mi scusi, ci può raggiungere?».

«Si, cosa è successo?», chiese il colonnello.

«Abbiamo trovato un coltello con delle tracce di sangue nascosto in un intercapedine dell'armadio della camera della ragazza».

Il colonnello si voltò in direzione di Pietro e, subito dopo, seguì il brigadiere.

Pietro uscì dal terrazzo per respirare l'aria del mare e trovare la forza per reagire a tutto quello che stava succedendo. Il figlio era morto per mano di sua figlia. Si appoggiò alle ringhiere e strinse tanto forte da non avere più sangue in circolazione nelle mani.

XXXVII

Come ogni domenica Luca era solito trascorrere qualche ora alla "Caffettiera" di piazza dei Martiri, per leggere il quotidiano, facendosi riscaldare dal tepore del luogo e dal bollente caffè.

Quegli ambienti vintage gli ricordavano la casa dei suoi genitori: la boiserie in legno scuro, i parati con temi floreali e le poltroncine imbottite in diverse tonalità cromatiche, erano il posto giusto per rilassarsi e godere dei profumi che, al mattino, arrivavano dalla vicina sala, dove i pasticcieri creavano i dolci.

Era rammaricato per il fatto che Laura non gli avesse chiesto di accompagnarla dai genitori, il suo legame con lei era così forte che non riusciva a trovare una valida motivazione.

Durante la lunga notte precedente aveva tentato di aprire l'argomento, ma Laura non voleva che la presenza di Luca potesse condizionare, non tanto lei, ma quanto i suoi genitori e quindi gli aveva chiesto di soprassedere dall'accompagnarla.

Quella mattina Luca si era riproposto di richiamare Roberto per aggiornarlo sull'esito delle indagini, se ne sentiva in dovere dopo la telefonata che aveva ricevuto in ospedale.

Dopo tutto, anche grazie all'intervento di Roberto, questa storia aveva fatto riaffiorare una verità scomoda, ma che era pur sempre la verità; Laura non era figlia unica, aveva dei genitori biologici dei quali non avrebbe mai saputo nulla se non ci fosse stata quella catena di eventi spiacevoli dei quali Roberto non aveva nessuna colpa; aveva solo fatto una scelta, consapevole delle capacità di Luca, superando qualsiasi divergenza del passato.

Prese il cellulare ed effettuò la telefonata. Dopo qualche squillo, Roberto rispose.

«Ciao Luca, come stai?».

«Ciao Roberto, ci abbiamo messo un po', ma adesso io e Laura siamo ritornati ad avere dei ritmi normali».

«Ti riferisci alla storia dell'omicidio? Mi dispiace molto, non era mia intenzione crearti un problema».

«Non ti devi dispiacere», rispose Luca intento ad indicare al cameriere l'ordinazione dal menu, «adesso che è conclusa l'indagine volevo aggiornarti sugli eventi che, per delle strane coincidenze, hanno visto il coinvolgimento anche di Laura».

«Aspetta Luca», rispose Roberto sorpreso, «cosa c'entra Laura in questa storia?».

«L'uomo che è stato trovato morto nella villa dei Misteri era il fratello gemello di Laura».

Luca nei minuti che seguirono ripercorse tutte le tappe più importanti della vicenda che aveva coinvolto lui e Laura, dalle analisi sul DNA, al ritrovamento della madre biologica di Laura e alla incredibile scoperta che l'assassino fosse la sorellastra Federica.

«Non posso credere che la sorellastra di Laura abbia ucciso suo fratello», disse Roberto evidentemente scosso dal racconto, «e perché avrebbe fatto una cosa così orribile?».

«Il movente non è del tutto chiaro al momento», rispose Luca mentre sorseggiava il caffè che, nel frattempo, il cameriere gli aveva servito, «credo che la sorellastra abbia già avuto dei problemi giudiziari nel passato. Nei prossimi giorni sono sicuro che riusciremo ad avere qualche notizia più precisa».

«Tienimi aggiornato sugli sviluppi», chiese Roberto, «sempre che non ti dispiaccia. Non vorrei essere troppo invadente».

«Non lo sei».

Si salutarono con l'impegno reciproco di vedersi, di lì a poco, per riprendere da dove avevano sospeso.

Luca era contento per come stavano andando le cose tra lui e Roberto.

In quella circostanza, aveva ritrovato una persona molto diversa da come l'aveva conosciuta in passato e apprezzava molto l'interesse che Roberto aveva manifestato dal giorno delle sue dimissioni dall'ospedale.

Adesso aveva proprio bisogno di distrarsi e di godersi quella meritata pausa, lontano dagli eventi che avevano coinvolto lui e Laura nei giorni precedenti. Si sentiva molto provato. Pensò che, di lì a qualche ora, avrebbe contattato il colonnello De Fazio per capire come stessero procedendo le operazioni di arresto della sorellastra di Laura e, fino a quel momento, non avrebbe avuto la mente del tutto sgombra.

Pensando e ripensando alle cose assurde che erano accadute, si rese conto che il tempo passava e non aveva più ricevuto notizie di Laura da quando era scesa di casa. Vide l'orologio che aveva al polso e si accorse che erano trascorse più di due ore.

Prese il cellulare dal tavolino e provò a chiamarla. Nulla, il cellulare di Laura risultava irraggiungibile, riprovò qualche altra volta, ma non ci fu nulla da fare.

Aprì la rubrica e si mise in cerca del numero di casa dei genitori di Laura, lo trovò e avviò la telefonata.

Fece squillare il telefono diverse volte, ma nessuno rispose.

Alzò la manica del maglione, per riguardare l'ora, e notò che erano le dodici e mezza.

Ricordò che, a quell'ora, i suoi suoceri erano soliti andare a messa.

A questo punto, l'unica ipotesi che gli risultò plausibile era che Laura stesse rientrando e che, in quel momento, si trovasse in funicolare.

Era poggiato di schiena sulla poltroncina, leggermente distante dal tavolino ed intento a leggere il quotidiano, quando sentì lo squillo del suo cellulare. Pensò immediatamente che potesse trattarsi di Laura. Ripiegò in fretta il quotidiano e, preso il cellulare tra le mani, dovette subito ricredersi.

«Pronto Mattia, come mai mi chiami di domenica? È successo qualcosa?».

Mattia era molto agitato quando rispose, era in affanno e faceva fatica a parlare, «professore, un uomo mi ha consegnato una lettera per lei. Mi ha detto di riferirle che, se vuole vedere Laura viva, deve seguire le indicazioni che sono scritte al suo interno. Cosa sta succedendo professore?».

Luca sobbalzò dalla sedia, il cuore gli batteva forte e avvertì una goccia di sudore gelida che scendeva lungo la schiena; si

mise il cappotto, lasciò una banconota da venti euro sul tavolino e si avviò velocemente all'uscita della caffetteria.
«Cosa stai dicendo Mattia? Chi era quest'uomo?».
«Non lo so, aveva un cappello di lana e degli occhiali scuri. È stato tutto così veloce che non sono riuscito a mettere a fuoco il suo viso».
«Dobbiamo vederci subito, dove sei?».
«Piazza del Gesù», rispose Mattia.
«Ti raggiungo. Non ti muovere per nessuna ragione».
Luca riagganciò e subito si mise a correre in direzione della postazione dei taxi. Il suo cuore stava esplodendo, era terrorizzato per Laura, prese il cellulare e riprovò a digitare il suo numero; nulla, il telefono risultava ancora non raggiungibile.
"Cosa le sarà successo e chi è quest'uomo, cosa vuole da lei?", a questo pensava mentre percorreva via Santa Caterina.
Quando arrivò al primo taxi gli mancava il fiato, appoggiò le mani sulla carrozzeria e disse, «mi porti velocemente a piazza del Gesù, grazie».
Luca entrò nell'auto e il tassista, senza dire nulla, avendo compreso l'urgenza, mise in moto e sfrecciò in direzione di via Filangieri.

XXXVIII

Luca scese dal taxi in prossimità di piazza del Gesù e si incamminò velocemente verso la guglia dell'Immacolata. Quando arrivò in prossimità del centro della piazza, vide in lontananza Mattia poggiato al bugliato della chiesa del Gesù Nuovo. Fece un balzo in avanti e lo raggiunse velocemente.
Mattia vide il suo professore di un pallore che non aveva mai visto prima.

Non appena ricevuta la lettera, aveva da subito capito che, dietro quello scritto, doveva esserci la mano dell'assassino della villa dei Misteri. Era preoccupato quanto Luca per le minacce verso Laura.

«Professore, è arrivato, finalmente!», disse Mattia che, immediatamente, pose la lettera nelle mani di Luca.

Con ansia mista ad inquietudine per quello che avrebbe potuto trovarci dentro, Luca strappò la busta esterna.

La lettera era scritta al computer e stampata su un foglio bianco. Luca iniziò a leggerla ad alta voce, affinché anche Mattia potesse ascoltare.

"Caro professor Manfredi, se vuole che tutto si concluda velocemente non osi allertare nessuna autorità o lei morirà. Se vuole che lei viva dovrà affrontare un viaggio nell'oscurità, dovrà scalare vette alte ed immergersi negli abissi dove tutto ha avuto origine. Il sacro si confonde con i culti dell'antichità, il ductor mellifluo fu benedetto dalla sacra spada e l'acqua

sgorga purificando le sue viscere dal male. Venga solo o lei troverà la morte".

«Cosa significa professore? Non capisco a cosa faccia riferimento questa lettera».

Luca era silenzioso ed aveva ancora la lettera tra le mani, guardava Mattia e ritornava a fissare la lettera. La lesse due, tre volte ancora.

«Laura è stata rapita», disse Luca, «dietro a tutto questo ci deve essere quell'assassina della sorellastra, ne sono certo».

«Sorellastra?», chiese Mattia stupito da quell'esternazione.

«Una lunga storia Mattia, adesso non è il momento», ritornò a rileggere la lettera, «ductor mellifluo, Bernardo di Chiaravalle, cosa c'entra Bernardo di Chiaravalle?», così diceva, mentre cercava di ricordare qualcosa, o qualche luogo, che avesse a che fare con il santo. "Fu benedetto dalla sacra spada", i pensieri si contorcevano nel suo cervello e continuava ad esortare se stesso a non mollare.

Laura era in pericolo e qualcuno voleva che Luca li raggiungesse in un luogo imprecisato, "perché?".

Mattia guardava il professore assorto nei pensieri, voleva poter essere di aiuto, ma si era reso subito conto che non c'era spazio per lui in quel momento. Aspettò, paziente, un segnale da Luca.

"Vette alte, abissi, il sacro che si confonde ai culti dell'antichità. L'acqua che sgorga".

«Ci sono!», gridò, «c'è un posto vicino ad un fiume che nasconde delle opere uniche. Bernardo di Chiaravalle soggiornò per qualche tempo a Salerno e si pensa fosse passato proprio di lì». Luca era visibilmente concentrato e, più parlava, più quel posto si materializzava nella sua mente.

«La sacra spada è quella che brandisce il primo cavaliere, il custode del popolo di Israele, san Michele Arcangelo. Mattia adesso è tutto chiaro».

Appena finì di parlare, si voltò e si avviò verso il centro della piazza, dando le spalle a Mattia che, incredulo, disse, «professore, ma dove sta andando, vengo con lei».

«Vado da Laura», rispose Luca, «mi dispiace Mattia, ma non posso mettere a rischio anche la tua vita».

Mattia rimase immobile, vedendo Luca dileguarsi tra la folla di persone che animavano la piazza. Alzò lo sguardo al cielo e vide sopra di lui la Madonna avvolta dal suo misterioso velo, ritornò a guardare la folla e disse tra sé e sé, «ca a Maronn' vi accompagni, professore».

XXXIX

«Dove mi trovo?».
Si era appena svegliata, vedeva tutto sfocato.
Riusciva a intravedere solo delle fiaccole accese, non molto distanti da lei, ed aveva molto freddo. Tremava mentre tentava di divincolarsi, ma si era resa conto di avere le mani legate dietro la schiena.
«Stai tranquilla sorellina, fai dei respiri profondi».
Laura vide l'immagine sfocata della sorellastra camminare davanti a lei, non riusciva a mettere a fuoco i suoi lineamenti.
«Cosa mi hai fatto?».
«Ho dovuto sedarti, eri molto agitata e maleducata sorellina mia», disse lei con una risata che si amplificò in tutto l'ambiente. Laura cominciò a focalizzare meglio i dettagli dell'ambiente circostante, il volto della sorellastra appariva sempre più nitido. Con il trascorrere del tempo, gli effetti del sedativo si stavano, pian piano, annullando.
Laura si guardò intorno e vide che si trovava all'intero di una grotta, era seduta su una panca, di quelle che di solito venivano usate in chiesa, ed aveva le mani legate alla spalliera. Era stata posizionata con lo sguardo rivolto verso l'ingresso della grotta, che era molto ampio, e si affacciava su un immenso bosco; sulla destra, in corrispondenza di un grande

masso, c'erano due campane. Il sole, al tramonto, stava illuminando di arancione le pareti della grotta e Laura cercò di voltarsi per vedere cosa ci fosse dietro di lei. Riuscì a scorgere una piccola struttura in rovina, ma nulla di più. Quando si voltò, vide il volto della sorellastra a pochi centimetri dal suo. D'istinto, cercò di indietreggiare, ma era bloccata e non riuscì a spostarsi di molto. La sorellastra la guardava fissa, muovendo la testa lentamente, prima a sinistra, e poi a destra. Era di bassa statura ed indossava una tuta scura, aveva i capelli corti che le arrivavano all'altezza della mascella, raccolti dietro le orecchie; il naso era piccolo, a differenza degli occhi, che erano grandi, scuri ed impenetrabili.
«Cosa vuoi da me?», disse Laura terrorizzata, «lasciami andare, ti prego».
«Non adesso, prima dobbiamo aspettare che il tuo cavaliere venga a salvarti», rispose la sorellastra con una risatina sarcastica. Per un attimo, scostò lo sguardo da quello di Laura e, quando ritornò nella stessa posizione, disse, urlando.
«Lo sai chi sono, lo sai?».
Gocce di saliva raggiunsero il viso di Laura che, disgustata, chiuse gli occhi e, di istinto, cercò di allungare la mano per rimuoverle dal suo viso. Si dimenava, i polsi erano indolenziti dalle corde che le sfregavano la pelle.
«Sì», rispose Laura tremando con gli occhi ancora chiusi, «tu sei la mia sorellastra».
«No, no, ti stai sbagliando», rispose lei con un tono apparentemente più conciliante. Allungò la mano destra e, mentre accarezzava il viso di Laura, disse «io sono Federica e

sono figlia unica, mi dispiace, mi starai confondendo con qualcun'altro».

Laura provò una strana sensazione al tocco della sorellastra, le sembrava di aver già vissuto un momento simile. Guardò negli occhi Federica e, prima che si allontanasse, le disse.

«Noi due ci siamo già incrociate», Laura si sforzò di ricordare e, d'improvviso, ritornò al giorno della visita agli scavi, «sei stata tu che mi hai urtato agli scavi, il giorno in cui hai ucciso mio fratello».

Federica si riavvicinò a Laura con il volto segnato dalla rabbia, le aprì la camicetta e le mise le mani al collo.

«Hai una bella memoria».

Cominciò a stringere, il viso di Laura si trasfigurò, diventando sempre più rosso; era terrorizzata e tremava, cercava di pronunciare delle parole, ma non ci riusciva.

D'un tratto, Federica allentò la presa e, con uno scatto fulmineo, strappò la collanina dal collo di Laura.

«La terrò come ricordo», disse prima di allontanarsi.

Laura ansimava e respirava a ritmi ripetuti, immettendo quanto più ossigeno poteva nei polmoni, aveva gli occhi iniettati di sangue; vedendo Federica allontanarsi e scomparire dietro alle sue spalle, cercò di divincolarsi per strappare le corde che la tenevano legata alla panca. Più si dimenava, più il dolore aumentava. Stanca e disperata, emise un gemito che aveva il suono della rabbia e della frustrazione. Pensò che, da un momento all'altro, la sorella si sarebbe avventata dietro di lei, con lo stesso coltello con il quale aveva ucciso il fratello, e le avrebbe inferto un colpo mortale.

Mentre pensava a quale fine le avrebbe riservato la sorellastra, sentì un mormorio provenire dalle sue spalle; quei bisbigli erano incomprensibili, non riusciva a comprendere nessuna parola, ma il tono della voce era inconfondibile. Capì che lei e Federica non erano le sole in quella grotta, ci doveva essere qualcun altro.

Le tenebre avevano coperto l'intera vallata e si erano impadronite degli spazi, sempre più stretti, della grotta.

Dal varco d'ingresso arrivavano folate di vento gelido che, dirompenti, colpivano ininterrottamente il volto di Laura. Le lacrime si erano congelate e, per quanto fossero distanti, il calore delle fiaccole, o il ricordo di quel tepore, era l'unico conforto che riusciva ad avvertire in quel momento.

Sperava che, da un momento all'altro, arrivasse qualcuno a salvarla, a liberarla da quell'oppressione che avvertiva sul petto, un'angoscia che non aveva mai provato prima di allora. Pensò che non fosse arrivato ancora il tempo, per lei, di morire, aveva ancora molto da donare e da prendere in quella vita; non si voleva arrendere all'idea di dover abbandonare le persone che amava.

"Luca dove sei? Vienimi a prendere, ti prego", aggrappandosi alle ultime speranze, calò il capo e, sfinita, chiuse gli occhi.

Il tempo sembrava si fosse fermato.

D'un tratto, arrivò una raffica di vento così forte da far suonare una delle campane che erano all'ingresso. Dei fulmini, in lontananza, illuminavano ritmicamente la vallata. Laura alzò la testa e aprì gli occhi lentamente, vide delle gambe immobili di fronte a lei e alzò lo sguardo velocemente.

Con il viso pallido ed impaurito, incredula e sorpresa, disse, «cosa ci fai tu qui?».

XL

Luca aveva preso un taxi in piazza del Gesù ed aveva raggiunto il garage nei pressi della sua abitazione, dove era parcheggiata la sua Alfa Romeo Giulietta, blu Montecarlo. Doveva raggiungere, il più velocemente possibile, Olévano sul Tusciano, un comune in provincia di Salerno; era lì che si trovava la grotta di San Michele Arcangelo.

Luca non aveva avuto difficoltà a capire dove fosse il luogo descritto nella lettera. Nella grotta erano presenti delle strutture religiose, risalenti all'epoca longobarda. Sulle pareti di queste costruzioni erano ritratti momenti salienti della vita di Cristo, descritti, non solo nei vangeli canonici, ma ripresi anche dai vangeli apocrifi.

"Il sacro che si confonde con i culti dell'antichità".

Gli ritornavano in mente i passaggi della lettera che gli avevano consentito l'individuazione di quel luogo, sacro ai tempi delle crociate, tappa importante per chi rientrava dal pellegrinaggio in Terra Santa. Anche Bernardo di Chiaravalle, il "Ductur Mellifluo", aveva voluto rendere omaggio al complesso religioso. Un affresco lo ritrae mentre riceve la benedizione da San Michele Arcangelo, insieme ad altri suoi fratelli dell'ordine cistercense.

Luca si trovava sull'autostrada che, di lì a poco, lo avrebbe condotto in prossimità della grotta. Sapeva che la strada di accesso era sterrata e, in alcuni tratti, troppo stretta per il passaggio della sua auto. In lontananza, vedeva il bagliore dei tuoni che anticipavano l'arrivo di un temporale che non avrebbe agevolato il suo viaggio.

Era enormemente preoccupato per Laura, aveva paura che fosse troppo tardi per poterle salvare la vita. Era nelle mani di un mostro che già aveva lasciato tracce di sangue sul suo percorso, incurante che, quel sangue, appartenesse ad un membro della sua famiglia.

Ciò che non riusciva a ricollegare, in quella intrecciata vicenda, era il perché la sorellastra di Laura, Federica, volesse che anche lui si recasse lì; forse il vero obiettivo era proprio lui ed aveva utilizzato Laura come esca per attirarlo in un luogo isolato. Qualsiasi cosa stesse progettando la mente sadica di quell'assassina, Luca avrebbe tentato, in tutti i modi, di barattare la sua vita con quella di Laura.

Diede un colpo sull'acceleratore, sperava con tutto se stesso di arrivare alla grotta prima che la tempesta intralciasse il suo percorso, costringendolo a rallentare.

Prese la strada che costeggiava il fiume Tusciano e le prime gocce di pioggia cominciarono a scivolare sul parabrezza.

«Cazzo, no, no!», disse battendo le mani sul volante. Mancava ancora più di mezz'ora all'arrivo ed il buio aveva coperto la fitta vegetazione che arricchiva l'intero paesaggio.

La pioggia cadeva in maniera sempre più consistente, accompagnata dal forte rimbombo dei tuoni; era talmente fitta da ridurre drasticamente la visuale di Luca, i tergicristalli non riuscivano ad eliminare l'abbondante acqua che, come un fiume in piena, precipitava sul parabrezza dell'auto.

Luca dovette decelerare per evitare di uscire fuori strada, si trovava nel mezzo di un bosco e l'illuminazione era garantita dai soli fari dell'auto. Non c'erano case o casali da quelle parti, né, tantomeno, un impianto di illuminazione pubblica.
Guardò il navigatore e capì che era il momento di fermare l'auto e di fare a piedi l'ultimo chilometro.
Quando aprì la portiera, fu sopraffatto dal vento e dalla pioggia; uscì velocemente e si avviò sul lato posteriore dell'autoveicolo. Camminava in grosse pozzanghere e le scarpe si inzupparono immediatamente d'acqua.
Sollevò il cofano dell'auto e prese una giacca impermeabile che indossò velocemente. Alzò il cappuccio, portandolo sul capo, chiuse il cofano e si incamminò, seguendo un sentiero in salita.
Il terreno sotto ai suoi piedi era molto scivoloso, si aiutò mantenendosi con la mano sinistra ad un corrimano in legno naturale.
Aveva fatto appena duecento metri, quando il bagliore di un fulmine gli fece alzare lo sguardo. Vide in lontananza la grotta illuminata dall'interno e capì di non essersi sbagliato, Laura doveva trovarsi proprio lì. Mentre con la mano destra si asciugava il viso dalla copiosa pioggia, involontariamente poggiò piede su un masso grosso e scivolò. Riuscì a non cadere, aggrappandosi con entrambe le mani al corrimano; si fermò un attimo, tirò un sospiro e ricominciò la salita.
Doveva velocizzare il passo, voleva raggiungere il prima possibile la grotta per vedere la sua Laura. Sentiva il cuore in gola che batteva fortissimo: aveva paura per tutto quello che sarebbe accaduto, di lì a poco, in quel posto dimenticato.

Aveva seguito le indicazioni del mittente della lettera: aveva raggiunto la grotta da solo, senza l'aiuto di nessuno.

Forse avrebbe fatto meglio ad avvisare il colonnello, o, almeno, comunicare il luogo descritto nella lettera, a Mattia, in modo che lui potesse avvisare qualcuno. A questo pensava mentre seguiva il sentiero. No, la vita di Laura era più importante e sperava che Federica potesse essere clemente, almeno con la sorellastra. L'istinto lo aveva portato ad aggrapparsi ad una speranza, l'unica che riusciva ad immaginare in quel momento così imponderabile e così drammaticamente crudele: "l'amore e la bellezza vincono sempre".

Pensò che Dio non li avrebbe abbandonati a quel destino e che sarebbe intervenuto, disarmando la mano di Federica.

Un tuono lo distolse da quei pensieri, alzò di nuovo lo sguardo e vide le due campane che adornavano l'ingresso della grotta. Si rese conto di essere molto vicino. Si fermò un attimo a guardare l'ultimo tratto del sentiero, scrutò l'ambiente circostante, in cerca di un punto dal quale avrebbe potuto vedere l'interno della grotta senza farsi scorgere.

In lontananza, vide un masso alto coperto da alcuni alberi, pensò che, da quella altezza avrebbe potuto vedere l'interno illuminato.

Si aggrappò ad una sporgenza sulla roccia, facendo attenzione a non scivolare ed a non fare troppo rumore, poggiò il ginocchio destro sulla superficie del masso e, con uno slancio, si trovò sulla sommità, nascosto dietro ad alcuni rami.

Da lì, Luca riusciva ad individuare l'interno della grotta illuminata da alcune fiaccole, piazzate un po' ovunque. Con la pioggia incessante ed il vento che muoveva la vegetazione, però, era possibile vedere ben poco. Spostò con la mano un ramo e quello che riuscì finalmente a vedere, lo lasciò senza fiato.

Laura era seduta su una panca, con lo sguardo rivolto nella sua direzione. Era troppo lontana perché potesse vederlo e non sarebbe stata, comunque, una buona idea mostrarsi in quel momento.

Con stupore, vide che alle spalle di Laura, all'interno della struttura principale che, un tempo, doveva essere stata la basilica, c'era la sorellastra insieme ad un'altra persona. Da come era vestito, doveva trattarsi di un uomo; aveva un abito grigio chiaro e, sul collo, si intravedeva una camicia bianca. Da quell'angolazione, Luca riusciva a vedere l'uomo di spalle, intento a parlare con Federica che, vista l'altezza di lui, era quasi del tutto coperta da quella figura maschile.

Luca subito pensò che potesse trattarsi della stessa persona che aveva consegnato la lettera a Mattia quella mattina, ma, più di tutto, cercò di sforzarsi per capire cosa ci facesse quell'individuo lì e quale fosse il suo ruolo in quella vicenda.

Federica e l'uomo stavano sistemando qualcosa nella basilica, in prossimità dell'altare. Luca vide la ragazza alzare una spada e capì che i due stavano allestendo l'area per un rituale.

Fu colto dal terrore, il suo respiro sembrava fuoco per i polmoni, gli mancava l'aria. Si calò e poggiò le mani sulle ginocchia, il cuore cominciò a fargli male per quanto batteva all'impazzata. In quell'istante, capì che quei due mostri non si sarebbero fermati, l'unica speranza di Luca si era dissolta nel vento, lasciando spazio alla sola disperazione.

Era, comunque, il momento di raggiungerla: avrebbe dato la sua vita subito se questo fosse servito a non farla morire.
Stava per scendere dal masso per raggiungere la grotta, quando l'uomo che era con Federica, si voltò.
"No, non può essere lui".
Luca conosceva bene quell'uomo, un brivido di terrore invase tutto il suo corpo, raccolse tutte le sue forze e corse verso la grotta.

XLI

«Non ci credo! Come hai potuto fare tutto questo, brutto bastardo!», Luca era zuppo d'acqua, con il cappuccio ancora in testa, che grondava da tutti i lati. Fece qualche passo avanti e scoprì il capo.

Laura, sentendo la voce di Luca, si voltò di scatto verso l'ingresso. Lo vide rivolgersi alla stessa persona che, poco prima, si era ritrovata di fronte. Per un attimo, Luca la guardò, lasciando trasparire tutta la sua desolazione ed impotenza di fronte a quella situazione. Nessuno dei due avrebbe immaginato che un uomo come Roberto Fortunato potesse vestire i panni di un assassino. Per tutto il tempo, Luca pensò a quale potesse essere il motivo che lo avesse portato a nutrire tutto quell'odio.

Anche Laura aveva sempre saputo che tra i due non corresse buon sangue, ma non avrebbe mai potuto immaginare un epilogo del genere.

«Ecco l'illustrissimo professore, ben arrivato. Non avevo dubbi che saresti riuscito a decifrare le indicazioni della lettera. Ti faccio i miei complimenti».

Roberto, alla vista di Luca, si incamminò verso il centro della chiesetta, battendo ripetutamente le mani. Con il volto soddisfatto, continuò, «mi devo ritenere molto fortunato:

sentire e vedere il professor Manfredi è un lusso concesso a pochi».
Roberto aveva un viso tondo, coperto da una barba folta.
I capelli ricci, non molto lunghi, e le sopracciglia molto marcate. Gli occhi erano sottili e lasciavano intravedere la sua indifferenza verso tutto e tutti.
Attraversò lentamente la navata centrale della chiesetta, in direzione di Laura, mise la mano dietro la giacca, prese una pistola, la caricò e la indirizzò verso la testa di lei.
«Roberto, cosa stai facendo», disse Luca, alzando le mani, come a volerlo fermare, «dimmi cosa vuoi, risolviamola tra noi due, lascia stare Laura».
Luca guardò Laura: aveva il volto pallido e tremava. Era inconsapevole di cosa stesse accadendo dietro alle sue spalle, ma sapeva che Luca avrebbe fatto qualsiasi cosa per salvarle la vita.
Roberto alzò lo sguardo in alto e fece un profondo sospiro, «voglio solo che tu scompaia dalla mia esistenza, vorrei che non fossi mai nato», disse abbassando lentamente il viso in direzione di Luca.
«Cosa ti è successo Roberto? Dopo le ultime telefonate pensavo che qualcosa fosse cambiato tra di noi», Luca era evidentemente confuso dalla doppia personalità di Roberto, quelle conversazioni così amichevoli lo avevano ingannato, «qualsiasi cosa ritieni che io abbia fatto, sono certo che riusciremo a trovare una soluzione, credimi».
«Professore, mi stupisci, da un uomo come te non mi aspetto tanta ingenuità. Hai veramente creduto che fossi così interessato alla tua vita?».

Roberto, intanto, aveva raggiunto Laura.

Si avvicinò di più a lei e le poggiò la canna della pistola dietro la nuca.

Laura sentì il freddo della pistola irradiarsi fin dentro al cervello. «No, no, non farlo, ti prego», disse terrorizzata con le lacrime che le scendevano, copiose, dagli occhi.

Federica, intanto, era rimasta immobile, all'altezza dell'altare. Ascoltava, con un sorriso malefico, la conversazione che si stava svolgendo davanti ai suoi occhi.

«Spiegami almeno, perché?», chiese Luca disperato, «cosa ho fatto di tanto grave da portarti a fare tutto questo».

«Esisti!».

Nell'attimo esatto in cui pronunciò quella parola, il volto di Roberto fu illuminato dal bagliore dei fulmini che riempivano la vallata.

Il viso di lui accecato dalla rabbia ed il terrore di poter assistere alla morte di Laura, fecero fare un balzo in avanti a Luca.

Come se una forza oscura lo stesse trattenendo alle spalle, Luca si immobilizzò nella nuova posizione raggiunta; pensò che avventarsi su Roberto, mentre Laura aveva ancora la pistola puntata alla testa, non fosse la scelta giusta in quel momento.

Il frastuono del tuono fu tanto forte che Roberto non si rese conto di quel movimento.

Si rivolse di nuovo verso Luca, «come al solito hai saputo rovinare tutto; non ti bastava avermi umiliato in più occasioni, esserti pavoneggiato anche nei momenti nei quali sarei dovuto essere io, e solo io, a dettare le regole del gioco. Avevi bisogno di strapparmi anche quello che ho più a cuore, il mio prestigio, il mio lavoro. Come vedi, le cose adesso sono cambiate, da stasera sceglierò io con chi giocare».

«Non capisco Roberto, a cosa ti riferisci? Io non ho fatto nulla», rispose Luca, sempre più sorpreso ed impaurito.

Sentiva un freddo diverso dal solito, qualcosa che sgorgava dal suo interno, come una sorgente di acqua gelata.

«Non mi prendere per il culo», tuonò Roberto che fece ancora più pressione, con la canna della pistola, sulla nuca di Laura, «sei solo un bastardo e traditore. Come hai potuto!».

«Non capisco», rispose Luca scuotendo il capo.

«Adesso proverò io a rinfrescarti la memoria, caro professore», Roberto aveva il viso sfigurato dall'odio.

Aveva sgranato gli occhi e avvicinato la mano sinistra all'altezza del volto di Laura. La accarezzò lentamente dalla testa al collo e abbassò la testa avvicinandola a quella di lei, inspirando energicamente.

«Dovresti sentire il profumo della tua fidanzata, puzza di vergogna e di paura».

Luca, fu mosso di nuovo dalla voglia di scaraventarsi su Roberto, ma non assecondò il suo istinto e si limitò a stringere forte i pugni.

Roberto, intanto, era ritornato in posizione eretta con la pistola puntata su Laura.

«Lascia stare Laura», intimò Luca, «lei non c'entra niente con questa storia, perché l'hai coinvolta? Risolviamo la cosa tra uomini».

«Non pensavo mi facessi così stupido, professore», rispose Roberto con un ghigno di compiacimento, «avevo bisogno di ammazzarti senza che si dubitasse di me, ecco perché ti ho segnalato al colonnello. Volevo che tu venissi coinvolto nell'omicidio del fratellastro di Federica o, se preferisci, del fratello della tua compagna, così avrei potuto seguire tutte le tue mosse e, al momento giusto, avrei trovato il modo di ammazzarti», Roberto tornò ad accarezzare il viso di Laura, solcato dalle lacrime e tremante di paura.

Luca la guardò e, con parole pronunciate a mezza voce, cercò di rassicurarla, «non temere», le disse abbozzando un sorriso pieno di disperazione e intriso di speranza.

Luca ritornò a puntare lo sguardo verso Roberto e gli chiese, «come facevi a sapere del legame tra Federica e Laura?».

«Ho conosciuto Federica qualche mese fa ad un incontro dove si discuteva di esoterismo e tale è stata la sua ammirazione verso le mie conoscenze che, da quel momento, ha voluto raccontarmi tutti suoi più intimi segreti. Mi disse di aver scoperto una lettera che suo padre aveva ricevuto dal fratellastro e delle successive ricerche commissionate ad un suo amico hacker».

Roberto si fermò un istante, aveva un'espressione soddisfatta, sollevò leggermente le spalle e continuò, «non immagini la mia gioia quando ho scoperto che la sorellastra di Federica era proprio Laura. Il destino voleva ripagarmi del torto subito. Federica iniziò, su mia insistenza, ad inviare lettere al fratello, fingendo di essere suo padre. La convinsi che, per raggiungere la perfezione, doveva uccidere quei fratelli impuri. Appena ho saputo della visita agli scavi alla quale avrebbe partecipato anche Laura, il gioco era fatto. Federica doveva solo illudere il fratello che, quel giorno, avrebbe potuto conoscere il vero padre, e così fece. Ma prima, avrebbe dovuto avvelenare Laura, poi uccidere il fratello, nella Villa dei Misteri. Dopo qualche giorno, non avrebbe destato nessun sospetto che il povero professor Manfredi, distrutto dalla morte della sua fidanzata, si fosse impiccato nel proprio appartamento. In pochi giorni, così, Federica avrebbe assecondato la sua mente malata ed io avrei avuto la mia ricompensa godendo, della tua morte».

Roberto fece una piccola torsione con la pistola, facendo ancora più pressione sulla nuca di Laura, «ma tutto è andato storto a causa di questa inetta. Quando Federica ha incrociato Laura agli scavi, non è riuscita ad avvelenarla per colpa di quella maledetta mediaglietta che porta al collo e che ha fatto da scudo evitando, così, che l'ago la infilzasse. Poi l'ulteriore fallimento nella chiesa di Sant'Anna dei Lombardi».

Luca aveva la bocca dischiusa dallo stupore, sentiva un peso allo stomaco per la lucidità con la quale Roberto stava ripercorrendo le tappe di quel progetto diabolico; aveva organizzato tutto nei minimi dettagli, aveva manipolato la mente debole di Federica e l'aveva spinta a commettere un efferato omicidio. Pensò che l'uomo che aveva di fronte fosse ben diverso da quello che molte testate giornalistiche avevano identificato come uno dei migliori direttori che Pompei avesse avuto negli ultimi venti anni. La doppia personalità di Roberto spaventò così tanto Luca, che questi avvertì un senso di angoscia irradiarsi per tutto il corpo e prendere il sopravvento sul barlume di speranza che lo teneva ancora aggrappato alla possibilità di uscire vivi da quella grotta.

245

Roberto, con uno scatto fulmineo, puntò la pistola verso Luca, «perché non ti sei presentato quel giorno agli scavi? Avresti potuto rendermi la cosa meno complicata».

Intanto, Federica era rimasta per tutto il tempo immobile, alle spalle di Roberto. Non poteva credere a ciò che stava ascoltando. Il suo mentore l'aveva ingannata per tutto quel tempo. Dalle sue parole capì che l'obiettivo di Roberto era sempre stato Luca, non gli importava nulla di lei. Più ascoltava le sue parole, più la rabbia prendeva il predominio sulle sue azioni.

«Come hai potuto prenderti gioco di me in questo modo. Pezzo di merda, ti ammazzo», disse Federica stringendo con forza l'impugnatura della spada che aveva tra le mani, «mi hai solo illusa, mi hai mentito, facendomi credere che tutto questo lo stavamo facendo per me».

Luca vide Federica abbassare lo sguardo e inarcarsi nelle spalle; poteva leggere nel suo volto rosso fuoco tutta la rabbia che provava in quel momento.

«Dovevo immaginarlo», disse Federica rialzando lo sguardo in direzione di Roberto, «voi uomini siete tutti uguali, vi sentite onnipotenti, accecati dal potere e dall'egoismo. Ma non siete poi così tanto furbi, siete solo vigliacchi e traditori».

«Sta zitta una volta per tutte, se siamo in questa situazione è solo per colpa tua. Avresti dovuto eliminarlo quando ti è stato ordinato», disse Roberto con la pistola ancora puntata in direzione di Luca.

«Sei un bastardo», disse Federica alzando la spada, «meriti solo di morire».

Il suono dei passi di Federica si estese in tutta la grotta, così come la sua rabbia, ammutolita solo dal boato del colpo di pistola che tuonò così forte da sovrastare il frastuono della tempesta.

XLII

Laura scosse la testa ripetutamente, sul suo volto le lacrime avevano lasciato solchi che il tempo non sarebbe riuscito ad eliminare del tutto. Aveva gli occhi chiusi dal terrore, quello sparo lo aveva sentito nello stomaco, una vibrazione che le provocava dolore e nausea. Singhiozzava muovendo ritmicamente il diaframma, restò con gli occhi chiusi, nella speranza di risvegliarsi da quell'incubo infernale.

Il colpo raggiunse Federica che cadde con le ginocchia sul pavimento della basilica, dietro di lei faceva da cornice l'altare, con l'effige della Madonna ed il bambino.

D'istinto, la ragazza portò le mani al petto e quando le guardò erano piene del suo sangue.

Con gli occhi sgranati e lo sguardo rivolto verso Roberto, ripeté il passo del discorso di Osiride, «nel sangue, per il sangue». Furono queste le sue ultime parole, prima di stramazzare con il viso a terra.

«Cosa hai fatto?», chiese Luca inorridito.

«Ha avuto quello che meritava, era una miserabile», disse Roberto con l'arma fumante puntata in direzione del corpo esanime di Federica.

Nella grotta calò un silenzio spettrale, interrotto solo dai sospiri ritmici di Luca e Laura che si intervallavano ai tuoni che, pian piano, si allontanavano sempre più dalla vallata.

Roberto appariva come in uno stato di estasi, rinvigorito da quel colpo mortale inferto a Federica. Con quella stessa aria fiera, la pistola ancora in direzione di tiro, fece una leggera torsione del bacino e, prima di trovarsi di fronte a Luca, fu distratto da una voce proveniente dall'ingresso della grotta.

«Butti giù l'arma!».

Dalle scale di accesso, fece irruzione il colonnello De Fazio, con l'arma di ordinanza puntata su Roberto Fortunato, seguito da un gruppo di suoi colleghi in divisa, «metta la pistola a terra, lentamente».

Roberto fu colto di sorpresa, d'istinto, corse verso l'ingresso della chiesetta, all'interno della grotta.

«Fermo», un altro sparo si avvertì nella grotta e Roberto rimase immobile vicino al corpo di Federica. Abbassò lo sguardo, allargò le braccia e lasciò cadere la pistola.

«Resti immobile, non si muova».

Il colonnello, con movimenti lenti, si incamminò verso l'interno della grotta, «metta le mani dietro la schiena, sempre lentamente».

Roberto ubbidì agli ordini.

De Fazio lo raggiunse e lo ammanettò.

Luca si catapultò da Laura, si calò alle sue spalle e le sciolse le corde ai polsi. Laura si rimise in piedi, si voltò subito e si lanciò tra le braccia di Luca.

«Andiamo via da questo posto», piangeva, ma questa volta erano lacrime di sollievo.

Mentre stringeva forte le braccia al collo di Luca, vide il corpo senza vita della sorellastra, in una pozza di sangue.

Il colonnello, dopo aver consegnato Roberto ai suoi colleghi, si chinò per verificare se ci fossero pulsazioni, poggiò due dita al collo di Federica e ne costatò il decesso.

«Alla fine è stata raggirata, ha fatto tutto per amore», disse Laura, provando pietà per la sorellastra morta.

Luca si tolse il cappotto impermeabile e lo pose sulle spalle di Laura. La lasciò per un istante e raggiunse il colonnello che era alle prese con il coordinamento delle operazioni di rilievo.

«Colonnello, grazie, senza il suo intervento non saremmo usciti vivi da questa grotta».

«Professore, lo sa che venendo qui ha messo in pericolo sia lei che la sua compagna? Avrebbe dovuto avvisarmi immediatamente del rapimento».

«Avrei voluto farlo, mi creda. Ho avuto paura, colonnello».

«Adesso vada professore, la chiamerò nei prossimi giorni per verbalizzare quanto accaduto».

«Un'ultima cosa, colonnello», disse Luca prima di allontanarsi, «come ha fatto a scoprire dove ci trovavamo?».

«Stamattina, durante la perquisizione in casa del sig. Molinari, abbiamo trovato, in camera della figlia, oltre all'arma del delitto, alcuni testi pubblicati dal dott. Roberto Fortunato. La cosa mi ha molto colpito, anche perché Federica, a detta del padre, non era poi così dedita allo studio. Mi è sembrato strano che proprio il dottor Fortunato mi avesse indicato il suo nome per le ricerche sui simboli e questa coincidenza mi ha incuriosito, al punto da chiedere ai miei colleghi di tenerlo sotto osservazione. Il resto lo può immaginare».

Luca ringraziò il colonnello, si avvicinò a Laura ed insieme si avviarono verso la macchina. La tempesta, nel frattempo, si era placata e potettero scendere a valle senza grosse difficoltà.

XLIII

Il funerale di Federica si tenne il giorno di Natale. Il padre scelse di celebrarlo in maniera ristretta e riservata nella chiesa di Santa Maria del Faro, non molto distante dalla sua abitazione. Pietro conosceva molto bene il parroco che si era reso disponibile a celebrare la messa alle 8.00 del mattino, per evitare che fossero presenti persone estranee alla famiglia.
Padre Ludovico aveva molto a cuore la famiglia Molinari e, già qualche anno prima, aveva dovuto sostenerli nella lenta e dolorosa morte della moglie Annamaria. Quel giorno, era ancor più difficile: doveva trovare le giuste parole per accompagnare l'anima peccatrice di Federica e chiedere a Dio di perdonarla per il dolore che aveva procurato.
Faceva molto freddo e le foglie cadute dagli alberi avevano creato un tappeto color rame che aveva coperto gran parte della pavimentazione fuori alla chiesa.
Luca e Laura arrivarono quando il feretro era già stato posizionato di fronte all'altare e rimasero in prossimità dell'ingresso. Di fianco alla bara era stata posizionata una foto nella quale si vedeva Federica sfoggiare un enorme sorriso.
Pietro era seduto sulla seconda fila di panche, alla sinistra della bara, con lui c'erano pochi altri parenti stretti; aveva la testa tra le mani ed i gomiti poggiati allo schienale della panca

anteriore. La sua disperazione si avvertiva in tutta la chiesetta, intervallata solo dall'eterno riposo officiato dal sacerdote.

Quando la messa finì, Pietro si poggiò al feretro che conteneva le spoglie mortali della figlia e, singhiozzando, disse «perché, perché hai fatto questo, perché?».

Alcuni parenti lo aiutarono a rialzarsi e, con il capo chino, si avviò verso l'uscita della chiesa. Luca e Laura lo videro passare e lo seguirono qualche passo più indietro.

Gli uomini della società di onoranze funebri presero la bara sulle spalle e la adagiarono nell'auto. Prima che chiudessero il portellone posteriore, Laura si avvicinò, toccò il feretro e fece il segno della croce.

Luca era orgoglioso della forza d'animo di Laura, la guardò con amorevolezza mentre si avvicinava con delicatezza alla bara; sapeva che quello voleva essere un modo per manifestare il suo perdono per le orribili cose fatte dalla sorellastra.

Laura si voltò verso Luca, «anche se ha fatto molto male, ha pagato con la sua stessa vita il dolore che ha provocato. Ha commesso l'errore di essersi innamorata della persona sbagliata».

«Hai un gran cuore Laura», disse Luca stringendola forte al suo petto. Quando si staccarono, Luca recuperò la collanina che aveva riposto nella tasca del cappotto e la diede a Laura.

«L'hai recuperata», disse Laura, felice di essere ritornata in possesso della collanina strappata dalla sorellastra.

«Ho amicizie potenti», rispose Luca sorridendo. Laura ricambiò il sorriso e Luca continuò, «adesso vai».

Laura si avvicinò al padre e Luca si allontanò per lasciarli da soli; vide il volto del padre cambiare alla vista di Laura e, dopo qualche scambio di parole, li vide abbracciarsi piangendo.

Luca si avviò all'estremità della piazza che dava sul golfo di Napoli. Ammirando il panorama che aveva di fronte, chiuse gli occhi e sospirò profondamente.

Tirò fuori dalla tasca una lettera che aveva ricevuto dalla sovrintendenza dei beni culturali di Pompei che gli comunicava la sua nomina a direttore del Parco Archeologico. La lettera gli era stata inviata qualche mese prima e, per un errore della segreteria universitaria, non era mai arrivata sulla sua scrivania.

Pensò che doveva essere stata quella nomina a far impazzire Roberto Fortunato ed a portarlo a nutrire quell'odio profondo verso di lui, ad alimentare un astio e una rivalità che aveva provato sin da quando aveva conosciuto Luca.

Non riusciva a metabolizzare che un uomo potesse arrivare a compiere degli atti così orribili: manipolare una donna debole, indurla a commettere un omicidio e poi ucciderla, senza provare un minimo di rimorso. Ricordò lo sguardo di Roberto nell'istante immediatamente successivo a quando aveva premuto il grilletto ed il proiettile aveva raggiunto il petto di Federica: nessun pentimento era visibile sul suo volto, solo una ignobile soddisfazione.

Luca, in quello sguardo, aveva rivisto la Giuditta di Artemisia Gentileschi, impassibile davanti allo sgomento della morte.

Pensò che l'artista avesse avuto le sue ragioni per immaginare quella scena: aveva subito una violenza che aveva leso la sua dignità di donna, ledendo, per sempre, la sua intimità.

Artemisia non avrebbe avuto il coraggio di ammazzare il suo stupratore, ma aveva utilizzato la cosa che più di tutto amava fare, dipingere.

Roberto, invece, non aveva nessun motivo provare tutto quell'odio, il piacere sul suo volto era giustificato solo dal suo sadismo, dalla sua brama di potere e dal suo narcisismo smisurato; lui, prima di tutto e di tutti.

Guardò la nomina che aveva tra le mani, rivolse, nuovamente, lo sguardo alla marina, si voltò e, prima di raggiungere Laura, cestinò la lettera in un cestino, vicino ad un'aiuola.

Printed by Amazon Italia Logistica S.r.l.
Torrazza Piemonte (TO), Italy